ノイエ・ハイマート

池澤夏樹

shinchosha

ノイエ・ハイマート　目次

序詩　遠い声　6
01 失われた子供たちの海岸　9
02 ホムスの戦い　15
03 ブーメラン　23
04 砂漠の検問所　35
05 アランヤプラテート 一九九〇　45
06 バスとトラックとゾディアック　54
07 アイラン・クルディ　66
08 ジャーニー　71
09 艱難辛苦の十三箇月　96
10 ヴルニャチカ・バーニャ　129

11 お婆さんと大きな樹 141
12 ベルリンへ 147
13 ノイエ・ハイマート 153
14 カフェ・エンゲルベッケンでハムザ・フェラダーが語ったこと 165
15 ブーメランの軌跡 176
16 小冬童女 183
17 サン・パピエ 186
18 今は行けない二つの場所 220
19 とはずがたり 227
20 作者自身による解説と最後の引用 229
初出一覧 237

謝辞

本書は多くの人に捧げられるが、
とりわけ井上卓弥、イラクのレイス、北川フラム、鴻池朋子、本田千代、
マリア・アルゲラーキ、山崎佳代子とネボイシャ山崎ヴケリッチ、林舜龍、
そしてレスボスのヴィオレッタに。

ノイエ・ハイマート

遠い声

きみには聞こえないか
遠いところから渡ってくるあの声
うめき、つぶやき、痛み、餓死に至る空腹
おののき、叫び、一度だけ叫ぶ声と続く沈黙
おそろしい沈黙

二人の天使は都会の上空でそれを聞いた
ぼくもきみも天使ではないから遠くからのざわめきとして聞く
瞼《まぶた》は閉じられるが耳はふさげない
聞こえないふりはできない

声の背後に銃声
想像する火薬の臭い
瓦礫の埃の臭い
死臭
何よりも恐怖の臭い

伝わる戦乱の気配

ほんとうに聞こえないのか
きみには
あの声が

＊二人の天使はヴィム・ヴェンダースの「ベルリン・天使の詩」から。

01　失われた子供たちの海岸

もう十五年も前に小さな映画祭で見た映画のタイトルが私の記憶に残っている。映像もおぼろに脳裡にたゆたっているのだが、それもモロッコの砂浜に流浪の子供たちがいるというだけ。まるで空を行く薄い雲の断片のように頼りない。

その映画のタイトルが「失われた子供たちの海岸」。

海岸はわかるとして、なぜあの子たちは「失われた」のか。

探してもＤＶＤなどは手に入らない。

子供たちが帰ってきた。

瀬戸内海のある島の砂浜に、たくさんの子供の像が並んでいる。現実の生きた子供よりはだいぶ小さく、行儀よく真っ直ぐに立っていて、砂と同じ色。砂でできているように見える。埴輪を連想することもできるだろう。

整列しているわけではなく、互いに間を空けて、二百名近くがそれぞれ違う方を向いている。みな同じ顔。幼い仏のような柔和な顔。そこに悲しみを読み取ることができるかどうか、それは見る者の心の姿勢による。その意味では彼らの顔は鏡である。

彼らは世界のすべての国からこの海岸に漂着した。

いや、正確には日本と国交のあるすべての国から。しかし、それはともかく、彼らはそれぞれの国で辛い思いをしながら生きている子供たちの代表である。だからみんな体に一連の数字が書かれており、背中の数字は出身国の首都の緯度経度を、胸の数字はそこまでの距離を表している。顔はそれぞれの故国の方を向いている。

国の名は記されていない。なぜならば今は国の名、国々を隔てる境界線、国というシステムによる保護、などという概念が意味を成さない時代だから。それゆえの子供たちの受難なのだから。

（どうして西洋の言葉では「受難」と「情熱」が passion という同じ単語で表されるのだろう？　明治期の日本の誰がそれを二つの意味に訳し分けたのだろう？　キリストの生涯に関わりがあるらしいけれど、私は今それを知らない。）

（と書いた翌日、私はラテン語起源のこの言葉 passio の語源が「受ける」という意味であることを知った。受ける。では、与えるのは神か？　受けるのは一方では苦難であり、もう一方では突然の熱狂なのか?)

　子供たちの像は見た目どおり砂でできている。砂に他の素材を混ぜ、型に塡めて作られた。最後までしっかり立っていられるように、中心には鉄の芯が垂直に通っている。まるでお菓子みたいに米粉と砂糖を混入した砂で作られた彼らの身体は風の強い日には海水のしぶきが飛び交う砂浜にあって少しずつ浸蝕されて表面から剝離してただの砂に戻ってゆく。彼らは数週間に亘って下半身から砂の肉体を失いつづけ、最後には一本の鉄の棒になる。その胸のあたりに取り付けられた鉄のプレートに刻印された文字によってようやく一人一人の身元が知れる。それぞれの出身の国の名が現れる。そして頭があったところには一輪の石膏のバラの花が残る。

　こんなに具体的に書けるのには理由があって、これは現代台湾のアーティスト林舜龍によって二〇一六年の瀬戸内国際芸術祭のために小豆島に作られたインスタレーションをそのまま記述したものだからだ。私はその場に行って、砂を踏んで、自分の目で見た。渚に近いあたりの子の下半身はあらかた消滅していた。時間というものの作用が素材と気象の組合せによって表現されていた。ものは消えてゆく。しかし生きるものはみなそれに逆らう。生きるというのは時間に消されまいとする意志だ。その意志の主体が個体と呼ばれる。更に個体の意志を超えて種の意志がある。

　砂の子供たちは二百名近くいることで一つの種となり、見物に来る生きた人間である私たちと対面する。私たちと彼らの間に競争はない。彼らはただ風雨と潮に身をさらして、でもなるべく長くそこに立っていようとしているだけ。それでも彼らの身は砂一粒また一粒と削られてゆく。

私は彼らが失われることを悲しんだ。なぜならば彼ら子供たちはわれわれ全員の魂と受難の象徴だから。それ以上に彼らがそこに、小豆島大部《おおべ》の幅の狭い砂浜に、集《つど》っていることを悲しむ。こうやって世界の至るところの子供の苦しみが林舜龍によって表現されなければならないことを悲しむ。

渚にはたくさんの力が働く。

国境と同じように。

林舜龍にこれを作らせたきっかけは、トルコの海岸に流れ着いた子供の遺体だった。海を渡ることを試みて失敗した難民の子供の遺体。二〇一五年九月、トルコの海岸に漂着した三歳の男の子の写真が世界を震撼させた。彼の名はアイラン・クルディ。クルド系シリア人の難民でギリシャのコス島を目指した船が難破したのだった。

それは十字架の上のキリストと同じ意味で受難の象徴だった。

たくさんの子供たちが住むところを失ってさまよっている。海路にも陸路にも、砂漠にも深い森にも、あるいは都市の街路、スラムの一室、彼らは坐り込んで、じっと待っている、食べるものを、暖かさを、荒々しい抱擁を、言葉を。つまりは普通の生活を。しかし彼らに与えられるのは飢えであり、寒気であり、時にはカラシニコフだ。

だから砂の子供たちは旅に出て、海の上を歩いて、この海岸に来た。ここに並んでそれぞれの郷里を見晴るかし、立ち尽くす。

あなたはE・A・ポーのあの詩を知っているか？　手に握った砂粒が失われる悲嘆の詩を——

波濤が岩を嚙む荒磯の
ごうごうたる轟きのさなかに立って、
私は　手に
黄金の砂粒をにぎりしめている——
なんとわずかな砂！　——しかもそれは
私が泣いているうちに——泣いているうちに、
指の間から　みるみる海にこぼれていく！
ああ　神様！　もっとしっかりと
この砂をにぎりしめていることはできないものでしょうか？
ああ　神様！　せめてその一粒なりと
無情な波から救うことはできないのでしょうか？
私たちの見るもの　見えるものは

ことごとく夢の夢に過ぎないのでしょうか？

（「夢の夢」入沢康夫訳）

同じようにここに集った子供たちの砂の身体は海水に浸蝕されて失われてゆく。人を守る国境が人を疎外し、排除し、外に押し出し、どこでもないところへ行けとわめき立てる。

どこでもないところ nowhere
誰でもない人 nobody
否定形でしか定義されない存在

ではこう語る私は何者なのだろう？
あるいは、何者でもないのだろう？

02 ホムスの戦い

ラヤンという男に会ったのは二〇一〇年、バグダッドでのことだった。私よりずっと若いが同業。ビデオ・ジャーナリストだ。

私にとってバグダッドは七年ぶりで二度目だった。前の時はイラク戦争の開戦直前。そのまま残って戦争を報道したかったが、私を雇ったTV局はそれを認めなかった。フリーランスなのだから勝手に残ることもできたけれど、そういうことをすると次の契約はないと言われていた。結局あの時に日本のメディアは一人も報道員を残さなかった。死傷事故など起こすと局や社が日本社会から叩かれる。そもそも中東への関心が薄い。反戦のデモはニューヨークで五十万人、ロンドンで五十万人、東京は五万人。

戦争はアメリカ軍の一方的な勝利に終わり、イラクの社会は崩壊した。それは初めからわかっていた。この砂漠ばかりの国に大量破壊兵器を隠す場所などない、と私は現地で思った。国民がアメリカ兵を歓迎するはずがないのもわかっていた。サダム・フセインは悪党だがそれでも国を束ねていた。彼を失えば箍《たが》のない樽のようなもので簡単に壊れる。シーア派とスンニー派の対立だけでばらばらになる。その後の経過は思ったとおりになった。

七年後に再訪した。

きっかけはアメリカ軍の撤退だった。これがイラク社会が安定した結果なのか、自分たちが壊してしまった国家の面倒を見切れなくて放置して逃げたのか、そのあたりが見たかった。どちらとも言えなかったが、国政に力がなくて北部に空白地帯が生じ、今はそこに「イスラム国」が勢力を広げている。その脅威をみなが意識しているように思われた。前年の十月と十二月のバグダッドの自爆テロでは二百八十二人が死んでいる。

支局を持たないフリーのジャーナリストはラシード・ホテルを拠点にした。それぞれ情報網を持っていたがその一方で情報の共有もないではない。朝食の席で前の日の成果をそれとなく話し合う。そういう仲がいくつかできた。

その一人がラヤンだった。シリア人。この男とは親しくなってもいいとなぜか思った。馬が合うというか、互いの勘で信頼感を醸成する。

ある晩、私はラップトップに収めてあった八年前の取材の動画を彼に見せた。二〇〇二年の冬、と言っても昼間はまったく寒くないイラクの冬。例えば遊園地で遊ぶ子供たちの人なつこい屈託のない満面の笑顔。回転木馬や観覧車は古くて軋んでいるがそれを気にする子らではない。精一杯の遊びの日なのだ。仕事がら中立の視点を保たねばと思いながらここに爆弾が降るのは許しがたいとも思った。

「この時、きみはどこにいた?」

「ぼくは二年の兵役の後で学生だった。ずっとホムスだ。アサド息子が大統領になって三年目。まだ国内は荒れていなかった。最初はあの男も民主的だったんだ」

「人は変わるものだよ。とりわけ権力者は。ほら、これ」と言って私は発掘現場の写真を見せた。

「こんなに小さなラマッスー(人面有翼雄牛像)は珍しいということだった。この人が公立博物館の館長だったドニー・ジョージ博士。彼から公式発表の前に画像を公開しないでくれと言われた。もちろんしなかった。こんなものがこの国の地下にはまだまだいくらでもある。発掘すると他国に奪われるからなるべく掘らないようにしているんだ、と冗談まじりに言っていたが、案外本音だったのだろう。実際、開戦と同時に群衆が博物館に乱入してめぼしいものを略奪した。普通の市民がそんなことをするはずがない。アメリカの骨董屋の組合が背後で指示していたんだ。今は国宝級の名品の大半はアメリカのコレクターのところにある」

「ぼくはそう聞いてもまったく驚かないね。そういう国だから、USAは」

「モスクに行った。警察から撮影の許可を貰った。カジマインという聖地になっている有名なところと『すべての戦いの母』というところ」

話しながら私はその時のことを思い出した。どちらでも信者は静かだった。戦争が迫っていることを猛《たけ》ることなく受け止め、その日を待っているようだった。モスクに人々が集まってきて入口の前の水道で手と足を清めて中に入る。絨毯を敷き詰めた広いところに整列して坐る。前の方が男で後ろが女。席を分けるのは跪拝する時に目の前に女の尻があると男は劣情を催して祈りがおろそかになるからだと言われている。イマーム（導師）の言葉はどちらのモスクでも静かだった。戦争が迫っているのに戦意を鼓舞するような口調ではなかった。終わって人々は静かに帰っていった。

「そして戦争になった」

「ああ」とラヤンは言った。「今も続いている、ある意味で。ぼくはそれを追っている」

「フリーで？」

「そうだが今はアル・ジャジーラと契約がある」

これはなかなかのことだ。アル・ジャジーラはカタールを拠点とする衛星テレビ局で、欧米各社とは別にアラブ圏ぜんたいをそれなりに中立の視点から報道している。それゆえ信頼性は高い。

この時の数日間で私とラヤンは互いに話のできる仲と認めることになった。それぞれ帰国してから後もメールで連絡を取り合い、取材の経過を伝え、撮ったものがアップされる時は知らせた。

二〇一〇年にチュニジアから始まったアラブの春をきっかけにシリアでも内戦が始まった。ラヤンはそれを丁寧に取材して報じた。

(私の方はこの時期はもっぱら東日本大震災を追いかけていた。)

ラヤンは自分の町であるホムスから、激しくなる反政府側と国軍の市街戦を生々しい映像で伝えてきた。父を継いで就任した当初は民主的な顔を見せていたアサド大統領は統治十年にして露骨な独裁者に変わった。

初めのうち抵抗はデモ行進やハンガー・ストライキなど温和な方法だった。しかし弾圧が激しくなるとレジスタンス側も組織を固めて手段をエスカレートし、国際社会の各国はそれぞれに両方を応援し、どちらにも武器を提供した。

政府軍には戦車がある。もっぱらロシア製のT-62だが、戦車は威力があるように見えて本来は広い平原での戦いのための武器である。市街戦では使い勝手が悪い。それに抗する側の武器は二人三人で携行できる対戦車ミサイル、これもロシア製のRPG-22などで、これは発射筒が使い捨て方式で重さも数キロ、それでいて二百五十メートルの射程距離がある。市街戦には最適。しかも安い。戦車の数百分の一の値段だ。つまり数を揃えることができるし輸送も簡単。

ホムスの街路には数階建てのビルディングが隣接して並ぶ。反政府側はこれを要塞に仕立てた。横の壁をぶち抜いて連結、数百メートルの地上のトンネルにする。更に屋上を携行ミサイルの攻撃拠点にする。地下の下水道はそのまま市外への連絡路になって武器や食料の搬入に使われた。

戦闘の場面をラヤンは物陰から撮影して編集し、アル・ジャジーラに送って、そのたびに私に通知してきた。メール・リストの一人というだけでなく、ちょっとしたコメントが付いていた。

こちらからは東日本大震災のその後。これも戦車とミサイルの応酬に近い濃密な内容だ。瓦礫の間をうろつくというところではホムスと三陸は変わらない。

しかし私が被災地を歩き回って撮っても向こうから銃弾が飛来することはない。火葬が間に合わなくて仮に土葬された遺体の土饅頭の列。ただ静かで冷たいだけ。

ラヤンの方は建物の窓から、あるいは屋上の手すり越しに、たぶん三脚に着けたカメラをそっと出してファインダーを見ないまま撮影していた。それでも政府軍のスナイパーの存在を意識しないわけにはいかないだろう。戦闘の場を撮って世界に拡散することの効果を考えれば、ビデオ・ジャーナリストも一種のスナイパーだと言える。

片側二車線の街路を数台の戦車が来る。ガシャガシャガシャガシャと舗装を踏むキャタピラーの音。普通の戦場ならば戦車の周囲には歩兵が散開して警護するものだがここではその姿はない。スナイパーが怖いのだ。戦車同士で死角を作らないよう防備するしかない。

建物からひょいと出て進んで来る戦車にミサイルを放つ。ラヤンはそれに同行して撮って逃げる。命中すればすぐにその戦車の仲間がこの建物に砲弾を打ち込む。その前に居場所を変えなければならない。ずいぶん危ないことをしていると思ったが、そういうゲームとも言える。T-62対RPG-22+ビデオカメラ。

市街戦の町でも人は暮らしている。

建物の裏庭には洗濯物が風にはためき、子供たちが走り回る。夕方になるとどこからか料理の匂いが流れてくる。クミンとコリアンダーとスマック。それが想像された。

そういう光景もラヤンは撮った。人が生きて暮らしている場だからこそ戦闘はむごい。思えばむごいという言葉を私は自分の人生でほとんど使ったことがなかった。

あるショットでラヤンのカメラは流れ弾で死んだ子供に寄った。銃弾は貫通したらしくて大きな外傷は見えず、地面に伏せているので顔も見えない。普通なら私たちビデオ・ジャーナリストは死体をアップでは撮らない。撮っても番組には出さない。しかしここではラヤンの意志が感じられた。局とやりあって公開したのだろう。これがお前たちのしていることだと糾弾した。お前たち、俺たち、この世界のみんな。この子の死に責任のあるみんな。

この時期、幸いと言っていいかどうか、シリアではまだ自爆テロはなかった。戦闘機の攻撃もなかった。低空飛行の威嚇だけで機銃掃射も爆撃もミサイルもなかった。

しかし戦車砲でビルが瓦礫になることはある。数十メートル先のそういう光景をラヤンは撮っている。炎暑と粉塵とビデオカメラの小さなマイクでも拾える轟音と地響き。


ある日、ラヤンが珍しく私的なメールを寄越した——

相談でもないのだがあなたには言っておこうと思う。

ここホムスで戦闘を撮ることに飽きてしまった。いや疲れたのかもしれない。劇的な単調という矛盾の状態。

たくさんの人がこの国を離れてゆく。

彼らに同行して、その旅路を追おうかと思っている。

動いてゆく先で何が起こるかわからない。

どこかに自分を繋ぎ止める定点がほしい。

それがあなただとなぜか思った。

あなたの震災の映像はとてもよかった。

ぼくの模範。被写体へのコンパッションとシンパシーがとてもいい。客観的な中に感情が交じる。その比率が模範。

これからぼくは行く先々で撮ったものをアップするだけでなく、日々の記録をあなたに送る。

03 ブーメラン

それはもうこの歳でそんなに働いている奴はいないよ。山崎や堀田、昔の仕事仲間の噂は聞くけれど、みんなおとなしくしているらしい。国内に現場はいくらでもあるさ。銃弾は飛んでこないが機動隊の暴力はある。あれだってひどいもんだ。俺は去年、警棒でビデオカメラをたたき壊された。手に持っていたから手を殴られたわけで、それで手の中のカメラが壊れたんだから手だって指の骨が折れた。そのまま留置場に三日。

あんたの歳で留置場は辛いな。いや、そうでもない。腫れ上がった指を見せたら病院に連れていかれて治療された。いわゆる美人看護婦。いや今は看護師だ。もみあいの中でたまたま起こった事故だということにしようと言われた。それとも公務執行妨害で立件するか。ぐずぐず言って答えなかったら留置場三日。まあいいやと思って出てきた。壊されたカメラを返されたがメモリーカードは抜かれていた。抗議したけれど最初から入れ忘れたんだろうと笑って言われた。そんなもんだ。

　留置場、左手のスプーンで飯食って、あの土地は寒くもないし、なんだか気がゆるんで、ぐっすり寝たよ。昼間はぼんやりいろんなことを考えた。いい時間だった。指は治ったけれどその後は大した仕事はしていないね。ナゴルノ・カラバフなんてみんな遠い話さ。それはあんたわざと遠い記憶を持ち出してるんだろ。チェチェンとかカブールとか遠い話ばかり。じゃ、シリアは？　あんた行ってないじゃないか。ぼけたのか、ぼけごっこか。

　遠い現場に行くか行かないか。

　ドローンの操縦を習うかな。仕事が来るかもしれない。ああ、今はネイチャー番組なんかあればっかりだから。鳥の視点だね。あれは資格とか免許はいらないのかな？　民間で資格を出している。講習会やるんだ。広い屋内で。受講料は高いのか？　そんなでもない。それにドローン本体も案外安い。俺たちでも一仕事すれば買えるくらいだ。機材はみんな安くなったさ。安くて軽くて使いやすくなった。オートフォーカスで目が悪くなってもピントが合う。手ぶれ補正で三脚がいらなくなる。フィルムも持っていかなくていい。ドローンは数千円から二十万円までってところだ。農薬散布なんかと違って軽いカメラを搭載するだけだから。

　あの現場で使ったらどうだったか、と高江を思い出してシミュレートしてみた。坐り込みに機動隊が乱入するところを上から撮る。自分は三十メートル離れた車の中かどこかに居て。嫌がるだろうな、機動隊。ぶんぶんうるさいし。でも奴らは火器は持っていない。ドローンを撃墜はできない。ただ回収がむずかしい。手の中に着陸させてさっと車を出す。逃げる。その瞬間に取り押さえられる。ぶんどられてたたき壊される。だがな、あの画像はリアルタイムでモニターに送信できる。近くで誰か仲間が受け取って記録すればいい。

でもなあ、そういうのの学習だって若い奴の方がずっと早いから。俺たちは万事もたもたしているし。

（若い？　若い。例えばラヤンみたいに？　一瞬あの顔が浮かんで消える。）

オズモもいいぞ。玉子くらいの大きさと重さのカメラ。二メートルのポールの先に着けると簡易ドローンになる。上からの視点だが逆に持てば地面ぎりぎりの視点にもできる。三軸ジンバル、要は超高性能の手ぶれ補正だ。モニターはスマホがそのまま。それならばいいかもしれない。そのポールを振り回して機動隊を殴ったりするなよ。まさか、全学連の鉄パイプじゃあるまいし。ずいぶん古い言葉が出たな。

若い。騒乱の場。ホムスとか本当の戦闘地域。若いビデオ・ジャーナリスト。ドローンは無理だ。すぐに撃ち落とされる。相手は正規軍なんだからスナイパーから戦車まで揃ってる。でも、そのオズモというのなら、棒の先に着けて建物の中からそっと街路に差し出す。撮影だけでなく偵察に使える。撃たれる心配なしに敵情の観察ができる。つまりあれだ、潜望鏡の原理。小さくて運び込むのも簡単。民生機器で武器ではない。ラヤンに差し入れるか？　いや。

彼は戦闘員ではない。ビデオ・ジャーナリスト。だからオズモも使える。もう持っているかも。

木曜日は妙子が来る日だった。毎週やってきて、家の中をざっと片付け、昼食を一緒に食べ、長い散歩に一緒に出てついでに買い物をし、少し凝った夕食も一緒に食べ、一晩は並んで寝て、翌日帰ってゆく。もう十年以上の習慣。時には遠出して映画を見たりもする。あまり予定は立てない。

一週間分またちゃんとちらかってる。

何をするのも億劫でね。

それを横着と言うのよ。

ははは、違いない。何をしているわけでもないんだがな。

暇でしょう。困らない?

たしかに。倦怠期だ。

一人で倦怠期っておかしいでしょ。

夫君は元気か?

かつて妙子の夫をどう呼んでいいか戸惑った時期があった。及川勇二郎は知らない仲ではない。三人はいろいろあって今の形に落ち着いた。及川さんとか勇二郎さんは心の中の実態からちょっと遠い。及川、勇二郎と呼び捨てにするほど親しくはない。つまりどう呼んでも収まりが悪いのだ。妻君とは夫が妻を呼ぶ言葉で本来は細君。これは謙称であるが、それに対して夫君は敬意に欠けてはいない。だからこれが定着した。妙子はこの家では夫のことを勇《ゆう》さんと呼ぶ。勇二郎と妙子の間に子はいない。彼と先妻との間に男の子がいるがもう独立している。妙子はこの義理の息子をずいぶんかわいがって育てた。

半端に昇進したものだから仕事が増えたっていらいらしている。本来の仕事が増えるのならいいんだけど、管理職で会議やら新業務の策定やら外部との交渉やら、肉体より神経をすり減らすことが増えたのね。もともとはものを作る人なのに。

もとに戻してもらえばいい、と言いながらもう何年も見ていない勇二郎の顔をうっすら思い出した。

そうはいかないのよ、会社というところは。

そんなものかな。

自由業の人が知らない世界なの。

人が遊んでいる時に働く自由しかないさ。

でも、仕事してないでしょ。

億劫だから。外へ出よう。おもしろいおもちゃがある。

漫画雑誌三冊分ほどの厚みの箱を紙袋に入れて手でさげる。

外へ出て徒歩で十五分ほどのところにある大きな公園に行った。

いろいろ変な新事業を考えるらしいの、会社が。まるっきりの別分野。突飛なことを思いつく経営陣とキリキリ舞いの社員の間にいるから、あの人。日本の最先端ってそんな風なのよ。

毎晩愚痴を聞いて慰めてやってるのか。

毎晩というのが嫉妬っぽい。自分の中にそんな感情があったかと少しうろたえる。

妙子は答えなかった。

自分の着付け教室のことに話題を変えて、生徒たちのふるまいを一つ二つ話す。これも世代ギャップと風俗ギャップの話。

夕方の公園にはほとんど人影がなかった。薄曇りで風がまったくないことを確認した。

ベンチの上に箱を置いて中のものをそっと取り出す。

なあに、それ?

飛ぶんだ。

白い一枚の翼の先に横向きにプロペラが二つ着いている。大きくなりすぎた昆虫のようだが、妙子は別のことを言った——

ブーメランみたい。

あっ、それは鋭い、と答えながら、何年も前に二人で行ったオーストラリアのことを妙子がこの瞬間に思い出したのを嬉しく思った。二人の旅なんて後にも先にもそれっきり。三者の協定に違反していると勇二郎が怒った。それは後日の話で、シドニーでツアーのオプションの遊びの中にブーメラン教室というのがあった。投げかたを教えられる。回収に広い野原を走らされた。ブーメランが帰ってこない、オーストラリアの恥さらし、ってジョークがあったっけ。

これはドローンだよ。飛ぶんだ、とまた言う。

広いところに出て、地面に箱を置いてその上にドローンを置き、コントローラを手にして少し離れたところに立つ。すぐ横にいる妙子の息遣いを感じる。

手元で操作すると翼はおもむろに回転を始め、機体はふわっと浮いた。

妙子が息を呑むのがわかった。

ドローンはしずしずと二人の頭上くらいまで上昇し、そこで安定する。ホバリング成功。少しずつ前進させ、少し離れたところで向きを変えて一周を試みる。二周三周、それを見ながら自分も回る。手元に寄せて箱の上に着陸させた。うまくいった。

それからしばらく遊んだ。

やってみる？

コントローラを渡してスティックとレバーの扱いを教える。

最初はそっとそっと。

そこはうまくいった。ドローンはゆっくりと上昇し、ゆっくり前進もできた。横方向にもおずおずと動く。

その先で妙子はスロットルレバーをぐいと動かして出力を上げた。ドローンはすーっと上昇して、どんどん昇って、コントロール域の外へ出る。その高さに吹いている横風に流されてみるみるうちに遠くまで行ってしまった。そこでモーターのスイッチが自動的に切れて、くるくると優雅に回りながら落ちてきた。夕方の斜光を浴びて美しかった。

そして、木の枝にひっかかった。

地上から五メートルくらいの高さ。

登れない。棒の類も届かない。

紐の先に何か重りを結んで投げて絡めるか？　ぜんぶ含めて十二グラムの華奢な機体はあっさり壊れるだろう。

諦めよう。

ごめんなさい、と妙子は言った。

いいよ、たかが四千円のおもちゃだ。

夜中、二人で寝床に入って互いの身体を撫で合う。今はもうこんなことで充分。フルコースは昔の話だ。

あれ、やっぱりごめんね。

何？　あっ、ドローンか。

なんだか自由にしてやりたくなったの。きみはどっか遠くへ行きなさいって。

自分に重ねている？

いいえ、そうじゃない。わからない。たまたま捕まえてしまった鳥みたい。そう、そうだった。渡り鳥になってオーストラリアまで行けばいいって。

あれに魂があったらオーストラリアまで行っているよ。

ドローンの魂ね。

ドローンの魂。

ねえ、もう何か月も海外に行っていないでしょ。

そうだな。仕事していない。

思い出して。あなたが定住の仕事の人だったらわたしはずっと一緒に暮らす方を選んだのよ。あなたの留守が辛いから勇さんのところに留《とど》まった。あの人はそれを許した。それでわたしたちはやってきた。もう留守がないんなら、こっちに来ようか。

あれはカエデの種がモデルなんだ。

何？

あの翼一枚のドローン。カエデは種をなるべく遠くへ散布したいから翼のある種をつくる。親の木から放たれて種は風の中をくるくる回りながら遠くへ飛んでゆく。

でもドローンはどこに落ちても芽を出さない。

そのとおり。次の世代はない。

自分はドローンだ、という思いが唐突に湧いた。コントロールを失って遠くへ飛んでゆくが行った先では芽は出ない。国境をいくつも越えた。「いくつ国境を越えれば故郷に帰れるのか」という台詞。映画の字幕。なんだったっけ？　なんだったっけ？　難民たちがたくさんキャンプに押し込められている。貨車で到着してぞろぞろ降りてくる。まるでアウシュビッツ。でも彼らはそこで仮の暮らしを始める。クルド語の叫び。何だった、あの映画は？

絶対の幸福の記憶ってあるか。ぜったい鉄板の幸福。セックス関係ならあるけど。あの女とのあの時、とか。猥談にするな。快楽と幸福は違うよ。じゃ、こういうのはどうだ？　俺は十歳だった。貧乏だけど、親になんか臨時の収入でもあったのか、自転車を買ってもらった。鉄とゴムでできていて、精緻な構造をしていて、つやつやした塗装で、他の玩具と比べてあんなに大きなものが、あれだけの重さがあるものが、すっかり自分のもの。学校から帰るとすぐにまたがった。近隣を征服してまわった。五キロ四方を銀輪で。それだけじゃ足りないよ。絶対の幸福とは呼べない。まあ、聞けよ。俺の家はYの字の下の端にあった。地図でいえば上が西。ずっと行くと左右に分かれる。左に行けば突き当たりが大きな通りで玉電の駅がある。右に行くと戸塚病院があった。で、Yの分かれるところにパン屋があった。洋菓子屋だったかもしれない。あの時期にそんなしゃれたものがあったとすればね。ともかくそういう店。自転車でそこに乗りつけて、堂々とかおずおずとか、ともかく入っていって、ロシア・ケーキを買う。そういう名前のものなんだ。固い、生地も甘い菓子パンで（いや、クッキーみたいにはぼろぼろ崩れない）、赤いねばっこいジャムみたいなものが充填されている。平たくて、なんていうか、子供の水遊びのビニールのプールをずっと小さくしたみたいな。平皿の形か？　そう、それそれ。直径七センチってところだ。そこにジャム充填。なんでロシア・ケーキって名かわからないが。それを一つ買って、右手にしっかり持ってまた自転車にまたがる。風を切って走りながら食べる。左手の片手運転。大丈夫、後輪のブレーキは左手の側だから右手がふさがっていても停まれる。あれが絶対の幸福だよ。覚えがあるな、僕も。そうだろう、同じ世代だ。かりんとうとサクマドロップスとABCビスケットの時代で泉屋のクッキー以前。ヨックモックのはるか以前。チョコレート・パンはさざえ形で、クリーム・パンはグローブ形。夏は棒つきアイス、冬は石焼き芋。かけうどんが十五円とか。コロッケ五円、メンチカツ十円、豚カツが五十円。デパートの食堂のホットケーキ。バターとメープル・シロップがついてくる。あのなあ、何か食い物とは違う幸福はなかったのか。幸福ってそんなに瞬間のものか？　新婚の当初とか幸福じゃなかったか？　俺の場合、それを認めるにやぶさかではないよ。藪でもなければ坂でもない。僕だってそう思う、それがすごく薄まって今に至っていると言ってもいい。うっすらだって甘ければいいだろう。苦かったり辛かったりしなければ。思うんだが、何？　思うんだが、住んでいる土地から追い出されたことはなかった。まあな、家賃を溜めてもやーさんのちんぴらがきて家財を道に放り出すなんてことはなかったな。やーさんもちんぴらも古語だよ。愚連隊くらい古い。桃色遊戯くらいか。あはは。あれは不純異性交遊に変わったんだ。純粋異性交遊というのがあったのかな。うるさいよ。で、追い出される話、親の世代は知っているよ、強制疎開があったから。行政の命令でなくても迫り来る爆弾の雨に追い立てられて田舎へ行くってのがあった。うちの親は親戚を頼って北海道のサルルまで逃げた。どこだ？　オホーツク海の側。沙留って書くんだ（と言って手近な紙に漢字を記す）。大日本国のまわりで漢字で書かない海の名ってオホーツクだけだ。あんたさ、そんなことどうでもいいだろ、うるさい奴だな。一度だけ行ったことがある。小さないい漁港だった。なんだったっけ、毛蟹とかホタテとか、そういうところだ。また食べ物の話になった。前の妻の母親が名寄《なよろ》育ちで、けっこうちゃんとした会社の偉い人で、会って間もない頃に何かのはずみで俺の親が沙留にいたと言ったら、あら、私の母は……ということになって、その結果というかはずみというか籍まで入れてしまった。恋縁より地縁か。そんなものさ。

それを美雪さんから聞いたのか。それこそ……

だから新婚の幸福。

なんで美雪さんと別れたんだよ？

さあ。

04 砂漠の検問所

そこまでは砂漠の旅だった。

舗装された道はあったが、砂嵐のたびにしばしば砂に埋もれた。そうなると路肩に立てられた標識をたよりに走らなければならない。あまり砂の堆積がひどくなると遠い南の首都にある政府はブルドーザーを出した。いずれにしてもこの道は軍仕様の全輪駆動トラックで隊列を組んででないと走破はむずかしい。

だからその時も五台が連なっていた。荷台にはぎっしりと人と荷物。人数分だけ金になるのだから乗せられるだけ乗せる。それぞれが粗末な鞄や、衣類を包んで縫い合わせたシーツ、麻袋などを携行していた。水と食べ物は配給されるという話なのでほとんど持っていない。

一人分のスペースは荷を一つ置いてそこに坐るだけ。子供は膝に乗せ、隣の者とは身体が密着する。トラックが揺れると周囲みんなの体重が押し寄せる。はじめのうちはそのたびに女たちが悲鳴をあげたが、やがて疲れ果てて声を出す力もなくなった。ただ耐えているしかない。

頭上からの日射しは強く、風は容赦ない熱風だった。日に三度配られる食事は固い平たいパンが一枚、それにコップ一杯の水。それだって時間を惜しんでトラックが走るままだったから混み合った荷台の上で混乱が生じた。母親は固いパンを嚙み砕いて幼い子供に食べさせた。

昼間は吸う息が肺に入るのが辛いほど空気は熱く乾き、夜となると凍えるほど寒くなった。その時ばかりは衣類を介して他人と肌を接しているのをありがたいと思った。その頭上を壮麗な星空が覆った。大人たちは疲れて眠り、たまたま目を覚ました子供が上を向いて漆黒の盆に金の砂を撒き散らしたような光景に見入った。月はなかった。

その少し後だったか、真夜中に先頭のトラックが道を外れて砂丘に突っ込んだ。タイヤを砂に取られて動きが取れない。用心のために距離をおいて走っていた後続の車がケーブルを繫いで引きずり出した。車体を軽くするために乗っていた人々は荷台から降りるよう命じられた。寒かった。再び走り出したトラックに一人が戻っていなかった。ずいぶん走ってから何人かがそれに気づいたが、理由はわからなかったし、トラックを停めて戻って探すなどできる話ではないと思って口を噤んだ。

もともとはずっと南の叢林の民だった。雨も降る土地で畑も作れる。だから彼らは砂漠を知らないし、ましてこのずっと先に待つ海のことなど何も知らない。しかし彼らの村や町は政府の横暴と部族紛争と飢饉で住みがたいところになり、先の希望が何もなくなり、まだ少しでも家財があるうちにそれを現金に替えて遠いところを目指す旅に出ることにした。このままここにいたのでは来年は家族みんなが死んでいる。そういう例を他の地域の話としていくつも聞いた。いや、実際に死んだ者の姿も見た。

移送の業者が来て旅程と費用を説明した。おずおずと何人かの手が挙がり、やがて大半が旅立ちを決めた。その人数を業者が持参した衛星電話でどこかに報告するのを見て、人々はこれは信用できる相手だと思った。どこか文明の地につながっている人だ。ちゃんとしたシステムがあるのだ。大丈夫だ。

何百年か前の奴隷狩りの時とは違う。

国境に着いた。白く漆喰を塗った石造りの建物があって、それが検問所だった。高い旗竿に国旗が掲げられ、風にはためいていた。トラックは停まり、人々は降りて、道端に坐り込んだ。日射しを避ける屋根はない。中にはトラックの下に入り込む者もいた。運転手は何も言わなかった。

検問所が開かれるのは正午から二時までの二時間だけだった。その間に通れなかった者は翌日まで待つしかない。全員がここを通るのに二日はかかると業者は説明していた。そして実際そういうことになりそうだった。全員が向こう側に渡ったらまた隊列を組んで出発する。

出てゆく人々に国は旅券など発行してくれない。故郷を出る前、業者が一人一人の名前を聞いて、出身の国名や市町村の名とあわせて紙にタイプした。生年月日もいい加減に記入された。携帯電話で顔写真を撮ってプリンターで印刷し、その書類に貼った（業者はガソリン・エンジンの小さな発電機を持参していて、携帯電話やラップトップをそれで充電していた）。その簡便なIDをプラスティックのフォルダーに入れて渡された時は別世界に入る資格を得たような気になった。実際には何の権威の裏付けもない書類だったのだが。

（それでも、後日の話だが、海を越えた先の港で国連難民高等弁務官事務所の職員の前に立った時、業者が作ったこのIDは聞き取りの手間をずいぶん省いてくれた。彼らはそれなりに誠実ではあったのだが、それは自分たちの評判が次の顧客の獲得に繋がるという現代ビジネスのセンスが彼らにあったからだし、評判を拡散するメディアの力を信じていたからでもある。）

国境の検問所でこの書類が役に立つのだろうか。

彼らは家族単位で検問所の中に呼び入れられ、即製のIDを提出して、名前や出身地などを問われた。その後でこの国には留まらないと誓約する書類に署名を求められた。通り抜けるだけ。大半がアラビア文字で自分の名を書いた。手数料は業者がまとめて払うことになっていた。

ぜんたいの半分ほどが通過した時に午後二時になった。「今日はここまで」と言って係官はオフィスを閉め、迎えのジープで近くの町へ帰っていった。それに乗ってきた三人の兵士が前日からの兵士と交代した。兵士の一人が遮断機の前に銃を持って立ち、残りの二人は詰所で待機した。夜の間にこっそりここを通ることはできない。迂回して徒歩で越えてもその先はまた砂漠。

検問所の係官は三十歳くらいの酷薄な顔をした男で、近くの町の有力者の三男だった。有力者は遠い首都の有力者につながり、そこからは何段階かを経てこの国の唯一の独裁者につながっていた。手数料の四分の一が係官のものになり、残りは上納される仕組みだった。

暑い午後が過ぎた。日射しの中にいるのは辛かったが、それでもトラックの荷台の密集と震動や騒音を逃れ、人々はここでかろうじて休憩の感覚を味わうことができた。旅がそこまで順調だったので、備蓄を心配する必要は少し減り、業者はその晩は二枚のパンと二杯の水を配った。

日が沈み、夜の寒気がやってきた。

その晩は大人たちも砂漠の星空を見た。叢林の木々の枝の上に広がるのと異なって、ここでは地平線から地平線まで夜空はすべて星で埋め尽くされていた。星と星との間にもよく見るとまだ星があって、その間にもなお微かな星があり、その脇にも星があるように思われた。どれほど散文的な精神の持ち主でもこれを見ると畏怖の念を抱く。至上の存在のことを考える。

それを思いながら、寒さの中で彼らは眠った。

翌日、正午にオフィスは再び業務を始めた。

待つ人々の列がだいぶ短くなった頃、一組の若い夫婦が検問所に呼び込まれた。夫はしっかりした体格だが小柄で、妻の方は背が高くてほっそりとした身体つきだった。他の女たちと同じように足まで包む長い衣装を着て、頭と顔をプリント地のスカーフで覆っていた。半ばは郷里の風習であり、半ばは砂漠の旅で砂を防ぐ工夫だった。

係官は二人をちらりと見た。それから手元の書類を見る。また二人を見て、とりわけ妻の方の身体を上から下までじろじろと見た。実際にはふわっとした衣装に隠されて身体の形はほとんどわからなかったのだが。

「顔を見せろ」と係官は言った。

隣にいた夫が身をこわばらせた。

妻はゆっくりと顔を覆った布を外した。

美しい顔だった。書類に貼られた写真よりずっと美しい。

係官はその顔をしばらく見ていた。

しばらくは何か意を決しかねているようだった。

やがて、「おまえはこちらに来い」と言いながら立ち上がり、部屋の奥の扉の方を示した。

夫がはっと前へ出そうになるのを妻は制した。

ゆっくりと歩いてその扉の方へ行く。

係官は扉を開いて妻を中へ入れ、自分も入って扉を閉めた。鍵を掛ける。

部屋の真ん中に妻は立った。

その姿を係官は周囲を時間をかけて回るようにして見た。

手に入れたものを評価して喜ぶような表情がかすかに窺えた。

「身体検査が必要だ。着ているものを脱げ」と言った声は少しかすれていた。

妻は大きな黒い目でじっと相手の顔を見た。

あなたは本当にそんなことを私に命じるの？

「検査が終わらなければここは通れない。おまえだけでなく、おまえの夫も、外で待っている全員も、ここを通れない」

妻は時間をかけて衣装を脱いだ。横に置かれた椅子の上に一枚また一枚と重ねて置いていった。その間ずっと相手の顔を見ていた。挑戦の視線が挑発にも誘惑にも、また軽侮にも見えた。

叢林のアフリカに生まれ育った女の、豊かな黒い二つの乳房があらわになった。それはもうそのまま挑発だった。これにかなう男はいない。

係官は棒立ちになっていた。肉体の気合いで負けそうだった。この女の前で自分など何ほどの者かと思われた。こんなことを始めるのではなかったのかもしれない。ここで止《や》めた方がいいのかもしれない。

しかし彼の中の欲情はそれでも冷めなかった。

相手を見ながら妻は下半身を包んでいる幅広い長い布を解いた。

それを椅子の上の衣類のいちばん上にそっとのせる。

胸を張って相手を見た。

係官は近寄って彼女の乳房にそっと触れた。

「そこに横になれ」と部屋の隅に置かれた簡易ベッドの方を指差した。

これまで何回こういうことが繰り返されたのだろう?

何人の難民の女がこの部屋でこの男に組み敷かれ、犯され、身体の軸を貫かれたのだろう。男にとってはこれが最も大事なこの職掌の特権かもしれない。左右対称の形で重ねられてこの男の重さを担った女は何人いたか。あわただしい、愛のない、一方的な、一度かぎりの、みじめな性交のためにこの簡易ベッドは何回きしんだか。苦悶のうちに外で待った夫は何人いたか。

しかし彼女は簡易ベッドの方に行かなかった。

そこにすっくと立って係官の顔を正面から見て、自分の身体をぞんぶんに見せて、黒い肌の上で一段と黒い陰毛に相手の視線が注がれていること、その奥にある快楽の泉を彼が渇望していることを承知して、待った。

「そこに行け」と言いながら係官は制服の上着を脱ぎ、ベルトを外した。靴を脱ぎ、ズボンを脱ぎ、シャツとアンダーパンツの姿で彼女の方に近づいた。その前部が露骨に膨らんでいた。

簡易ベッドに押し伏せるつもりだった。抵抗するならば殴り倒してもいい。さんざん殴って半殺しにしてから脚を開かせてもいい。恐怖に固まって乾ききった膣だって押し込めば押し込めないものではない。亀頭でなぶっているうちに潤んできた膣だってあった。男性性の証明として、それはそれでいいものだった。性欲と権力欲が同時に満たされる。いずれにしても自分が承知しないかぎりこの国境を通れる者はいないのだ。

彼女は立った場を動かない。

女の肩に手を掛けると、女は彼のアンダーパンツの前に手を伸ばした。そういうことをするのか、協力しようというのか。それはありがたい。快楽が倍増する。しかし、その指が触れたとたんに、係官は自分の男根が速やかに萎えるのを感じた。まるで樽の底に穴があいたかのように欲望が失われ、男根はうなだれて縮こまった。見たり触れたりするまでもなく、それが自分でも体感としてわかった。その場に坐り込みそうなほど全身から力が抜けた。

相手はまだそこに全裸で立ったままこちらを見ている。憎しみを伴うわけでもない中性の表情だった。

「おまえは……」と言ったきり言葉が出なかった。

何をする気力もない。

衣服も靴も身につけていない姿で女の前に立っている屈辱が全身に染み通った。体温がぐんと下がったような気がした。

恐怖が襲った。この女は魔女だ、という声が脳裡に響いた。

「服を着ろ」と相手に言って、自分も急いでズボンをはき靴をはき上着を着ていくつもあるボタンを掛けた。なんでこんなにたくさんボタンがあるのか。

女は落ち着いてきちんと衣類を身につけた。最後に美しい顔がスカーフで覆われた。

その姿で二人は向き合った。

「頼みがある」と係官は言った。「俺が、やれなかったと、外で、誰にも、言わないでくれ」

女は微笑と共にうなずいた。その微笑に軽蔑が込められていることに係官は気づいたが、しかしどうすることもできない。


誰もが奥の部屋から出てきた若い妻を同情の目で見たが、しかし彼女がむしろ昂然と歩むのを目の当たりにして訝しんだ。

夫は無表情に彼女の肩を抱いてトラックへと歩いた。妻はその耳元でなにごとか囁いた。夫の表情がふっと緩んだ。

係官の方は悄然としており、その後、事務手続きは速やかに進められた。

その日の午後のうちに旅する人々は検問所を越えて北に向かった。

その時点では係官は知らなかった、自分の男根の萎えが生涯に亘って恢復しないことを。

05 アランヤプラテート 一九九〇

外がまだ真っ暗なのに、雄鶏が大きな声で時を告げた。その声で母親は目を覚ました。なんて馬鹿な、うるさい鶏だろう。声が頭上の方からいやに甲高く聞こえるところをみると、この小屋の屋根にとまって鳴いているらしい。いつもはもっと遠くで鳴くのに。その声を聞きながら、母親は低い竹の寝台の上で寝返りをうち、なんとかもう一度眠りの中へ入り込もうとした。しかし、その雄鶏の声につられて他の近所の鶏たちも鳴きはじめた。それが耳についた。少しだけ目を開けて見ると、日除けを下ろした窓の隅がほんの少し明るくなっている。

母親はその時間の外のようすを思い浮かべた。東の地平線のすぐ上にだけ白い光がにじんで、その上は淡い青から次第に濃紺に変わり、天頂から西の空にかけてはまだ星が瞬いているだろう。このあたりはニッパ椰子の葉で屋根を葺いて壁を竹で作った小屋がひしめいているが、キャンプのはずれの方、草が人の背の高さまで茂った原や、それが刈り払われてずっと見通せるようになった境界線の鉄条網のあたりまで行けば、外に広がる草原と点々と生えた木々の間に濃い紫の靄《もや》がたゆたい、やがて昇る太陽にそれがゆっくりと吹き払われてゆくのが見えるだろう。雨期はもう終わっている。今日も快晴になるに違いない。しかし彼女はまだ起きない。本当に夜が明けて、子供が起き出し、キャンプ全体が活気を帯びる時が来るのを、目を閉じたまままじっと待っている。鶏はなおも鳴きつづけた。

まだぼんやりとしたままの頭で母親は、今日は土曜日だったと考える。土曜。米の配給の日だ。ここでは米はすべて外から大きなトラックで運びこまれる。ここで生まれて育った子供たちは米というものは毎週土曜日に母親が頭に載せて運んでくる麻袋の中のものとしか知らない。ここの子供たちは大人が働いているところを見たことがない。このキャンプの中には田圃《たんぼ》も畑もないし、水牛もいない。一万人の大人すべてが何の仕事もしていないという奇妙な村。

昔、母親の親たちは田圃で米を作っていた。刈り取りと脱穀と出荷の忙しい時期のことを彼女はよく覚えている。自分も幼い時からいろいろと手伝いをさせられた。大きくなったら自分も同じように米を作ることになるのだろうと思いながら育った。しかし彼女が十八歳で嫁いだ相手は隣の町の自動車修理工だった。彼女は田圃のある村を出てその町へ行き、二つ年上のその男と一緒に暮らして、米は作らなかった。町に住んで米を買う自分たちは新しい時代に属する者であるような気がした。

しかし一年後、新しい政府ができて国のやりかたが変わり、都会の人々がたくさん田舎へ送られてきた。親たちの農地は取り上げられて、村全体が集団農場になった。町の自動車修理工場は閉鎖されて、彼ら二人を含めて町の人たちも近くの田舎へ移動させられた。どこから来たのかせいぜい十代なかばの子供たちが武器を手にして人々を強制的に働かせ、言うことを聞かない者や教師や医者を次々にどこかへ連れ去った。できた米もほとんどが搬出されて、みんなが食べる分さえ残されなかった。そういう日々がいったいどれだけ続いたのか。不安と恐怖は時間の感覚を奪う。

やがて彼らはそこにそのままいたのでは早晩みんな死ぬことになると考えた。そして、意を決して、背に負える少しばかりの荷を持って深夜こっそりと農場を離れた。何日もの間ずっと人目につかぬよう用心して森の中や丈の高い草の中を歩き、砲撃の音に脅え、同じように逃れてきた別の人々の群れと合流し、情報を交換し、対人殺傷地雷を踏む恐怖に脅え、飢え、泣いて脱落者を見捨て、ひたすら歩いた。何のために自分たちがそういう目にあうことになったのか、父母たちが営んでいた田圃と畑のある生活がなぜ自分にはできなかったのかと疑いながら足を運んだが、それもやがては逃避行のかぎりない疲労の中でとぎれとぎれに浮かぶうつろな思いでしかなくなった。本当に自分の身体の中にはもう力というものが少しも残っていない、目の前に見えるあの丘までも行く気力がない、あの木にたどりつけない、次々に捨ててきた荷の最後の一つもその僅かな重さゆえに捨てる他ない。そういう思いが次々に連なって、日と夜の区別さえもわからなくなった果てに、ようやく彼らは国境を越えて隣国に入った。

そこには見慣れないくすんだ緑色の軍服を着た兵士たちが待っていた。彼らに誘導されてトラックに乗った。兵士たちは背後から追ってくる黒い木綿の服の不正規兵の群れほどは怖くなかった。少なくとも目の前で誰かが殺されることはなかったし、殴られることもあまりなかった。時おり物陰に引き込まれて兵士に犯される女はいたが、長い恐怖と苦労を越えてたどりついたその時のその場所ではそれくらいはしかたがないと誰もが思うようになっていた。みんなが無感覚だった。なおも何か所かを転々としたあげく最後にこのキャンプに連れて来られ、食べるものと、一人に一枚の毛布と、雨を防ぐ屋根を貰った。

母親の脇で子供が寝返りを打った。日除けの外はずいぶん明るくなっている。母親はそっと起き出して、細く裂いた竹を編んだ扉を押すと、外を見た。隣近所も起き出して、道に出たり、小屋の周囲で煮炊きをはじめたりしている。今朝は火を熾すことはない、と母親は考えた。昨夜の飯がまだ残っているし、それにナガナスと唐辛子を炒めて魚醤で味をつけたおかずも少しある。母子二人の朝御飯にはあれで充分。今日は米だけでなく魚缶の配給もあるかもしれない。そうしたら、また野菜を少し買って、昨日よりもいいものを作れる。

子供はまだ寝ている。母親は小屋の奥から小さな箒を取ってきて、家の前の道を掃きはじめた。隣家の上の娘が声をかける。母親は愛想よく返事をして、なおも家の前を掃きつづけた。小屋の前はそこに住む者の性格をよく表す。ゴミだらけのところもあり、いつも綺麗なところもある。

母親は綺麗なのが好きだった。もともとまめでよく身体を動かすたちなのに、このキャンプではあまりすることがない。働こうにも畑や田圃はなく、自動車修理工場もない。彼女は少しだけ病院の掃除の仕事をして、賃金を米で払ってもらっていた。それもこの一年のことだ。最初の頃は病院も一棟だけで学校は一つもなかった。

ここに来て五年目、この子供が生まれた次の年に夫は大きな豊かな国へ脱出した。その頃はまだ第三国への移住の規則もゆるやかで、立派な国々へ行く者は少なくなかった。もともとここは第三国へ移るための中継キャンプということになっていたから、人々は次々に到着して、条件のよい者から次々に出発していった。夫は自動車修理ができることを条件に申請を出し、今までは他国の人間をほとんど入れたことがないというその国への移住がなぜか許可された。色が白いのを別にすれば彼らに比較的似た顔つきの人々が住むその国は世界のこの一角では最も豊かだという話を母親はキャンプの噂で聞いた。しかし、家族三人の名を書いたのに、とりあえず許可が下りたのは夫だけだった。相手国のどんな気まぐれによるものかわからないが、その国へ行ける機会を流してしまうわけにはいかなかった。担当の係官は向こうでの生活が安定したらきっと妻子を呼び寄せることもできるだろうと言った。しかし、その後また方針が変わったとかで、夫のもとへ行くという計画はいつになっても実現しなかった。母親は自分が中途半端な希望にしがみついていると知っていた。しかしそれだってないよりはましだ。

母親は手に箒を持ったまままちょっと目を上げ、空の方を見た。空はもうすっかり明るくなっている。小屋の屋根の上にまだ雄鶏がいた。もう時を告げようとはせず得意そうに端のところにとまっている。あの鶏のせいで早く目が覚め、昔の嫌な日々のことを思い出した。母親は腹を立てて、近くに落ちていた土くれを取ると鶏めがけて投げつけた。びっくりした鶏はそのまま飛びあがり、ばたばたと羽ばたいて滑空し、道を越え、道の脇に掘られた溝も越えて、ずっと先まで飛んでいった。そちらにむかってもう一つ土くれを投げる。もちろん届かない。

「どうしたの？」

見ると子供がパンツだけの恰好で起きてきて戸口に立ち、母親のすることを見ていた。

「癪にさわる鶏だから追っ払ったのよ。さあ、顔を洗いなさい。朝御飯にしましょ」

手早く器を出し、粗末な木の櫃にしまっておいた飯とおかずを出す。皿に飯を盛り、横にナガナスを載せる。大きな匙を二本出して添える。コップに水を二杯。子供は表に置いた水甕の中から小さな器で少しだけ水を汲んで手早く顔を洗って戻ってきた。今は水が豊富だからそんなに節約しなくてもいいのだが、以前の水不足の時にしつけられた癖がまだ残っている。それをよいことだと母親は思う。大人一人一日二十リットルの水の配給が必ずあるとはかぎらない。最近は食べ物も水も途切れないし、キャンプに砲弾が降ってくることもなくなったが、それが永遠に続くと信じているわけではない。この十年ずっと、またすべてを取り上げられる日を恐れながら暮らしてきたのだ。

この子が水を節約しながら一人で顔を洗えるほどに育ったことを夫は知らない。時おり手紙は書くし、向こうからも簡単な返事は来るが、自分の稚拙な言葉が何も伝えていないことを母親は知っていた。子供の成育ぶりは見なくてはわからないものなのに、夫は子供が立って歩く姿さえ見たことがないのだ。

子供はさっさと飯を食べてしまった。水を飲む。もううきうきしている。三か月前から行きはじめたキャンプ内の幼稚園が好きで、毎朝登園するのが楽しみで、大急ぎで食事をする。一度などはあまり早く行って、まだ誰もおらず、門のところでずっと一人で待っていなくてはならなかった。その話を母親はもっと年長の別の子供から聞いた。この子がそんなに幼稚園が好きなのも、水を節約するのと同じように、よいことだと母親は思う。他の子供とうまく付き合うこと、いろいろな遊びを覚え、知識を身につけ、器用な手を持つこと。そういう子供に育つのはよいことだ。その前にまず大人たち。あの人たち。幼稚園の建物を作って、先生を集め、子供を集め、楽しい時間を過ごさせてくれる人々。子供たちを親から引き離し、大人を集団農場に閉じ込め、何もわからない子供を容赦を知らない小さな兵士に仕立てた連中よりはずっとずっとよい。そう、子供に親を殺させる連中よりは。母親は言葉に出してそう誰かに言ったことはないが、心の中ではいつもそれを考えながら子供を幼稚園に送り出した。

子供は衣類をしまってある箱からその日着るものを自分で選んで取り出し、身につけはじめた。くすんだ緑の半ズボンと象の親子が描いてある白いTシャツ。どちらも洗濯を重ねてだいぶくたびれているが、まだ穴はあいていない。小さすぎもしない。二年ほど前に夫が行った国から大量の古い衣類が届き、トラックで運びこまれ、みんなに配られた。衣類はいろいろな国から届くが、その国のものはここの人たちの体格に合うし、色や模様もいい。子供のTシャツは幼稚園で配られたものだ。大きくなってそれが着られなくなる頃にはまた別の衣類が配られるだろう。あるいは自分たちは国境を越えてもとの国に戻っているかもしれない。ひょっとして夫のいる国へ行っているかもしれない。

子供はTシャツを頭からかぶると、一言何か叫んですぐに外へ走っていった。たぶんまだ早すぎるだろう。また幼稚園の前でしばらく一人で待つことになるのではないか。しかしその間もあの子は今日一日の園での楽しみのことを考えながら退屈もせずに過ごすのだ。あの幼稚園があってくれるのは本当にありがたい。子供の相手をするのは母親や子供と同じように隣国からこのキャンプへ逃れてきた若い女たちだった。そのほかに子供が好きでしかたがない中年の男が一人いて、木や草を使った工作などを教えている。そして、それらの先生たちに協力して園を運営し、何かあるたびに適切な処置をとり、子供たちが陽気に騒がしく育つように目を配っている二人の女性、この国の人が一人と、夫が行った国の人が一人。母親はこの園がその豊かな国の民間団体の運営であることを知っていた。みんなよくやってくれる。それも実に楽しそうにやっている。いい人たちだ。

道を隔てて向こう側の空き地の方に目をやって、母親は夫が行った国から逆に来たというその一人の顔を思い浮かべた。母親自身と同じくらいの歳。人を助けて楽しそうな顔をしていられる人。子供たちから言葉を教えられて、いかにも嬉しそうにおずおずとそれを使ってみる。子供たちが笑う。そうやって、また新しい言葉を覚える。頭と心を子供の背丈にして遊んだり教えたりすることができる。あの人はいい人だ。

母親は嫌な目覚めかたをしたにもかかわらず、子供のおかげで機嫌よくその日をはじめられることを喜びながら小屋に戻り、朝食に使った器を、水を使いすぎないよう気をつけて、洗いはじめた。

06　バスとトラックとゾディアック

(ラヤンから便りが来た。映像も送りたいがファイルが重いので文章だけにするとあった。)


アル・ジャジーラがぼくの企画を受け入れた。

シリアからヨーロッパを目指す人々に混じって移動しながらその旅路を撮る。


ホムスを出なければならない。

政府軍の攻撃を避けて市街地の外に出るには地下の下水道を使った。これまでも人や物資の出入りに使ってきたルートで、出口は郊外の瓦礫の中。まだ敵の側には知られていない。

そこに迎えの車が来て、さっと乗ってホムスを離れた。

まずは北上、アレッポを目指す。

シリアを離れようとする人々を扱う旅行業者がいて、おおっぴらにフェイスブックに広告を出している。そこまで行って契約書にサインして向こうが言う金額を払い込む。ただしこの金は第三者に預託されて客が目的地に到着したところで業者の手に移るという。

当面の目的地はギリシャだからあらかたはトルコを横断する旅になる。その先はまた自分で動けと言う。広告には観光客が乗るようなぴかぴかのバスの写真があった。

シリア政府は出てゆく者には関心がない。裕福な人たちの資産凍結は進んでいるし、身一つでバスに乗るのにさほどの物は持っていけないと思っている。

ぼくはアレッポのそのオフィスに行った。

手続きは機械的でビジネスめいていた。それがかえってこの業者は信じられるという印象を与えた。他にも申し込みをする人が何十人もいた。

みんなパスポートは持っているようだった。ない者にはその場で写真を撮って名前と住所を書いて一種の身分証明書のようなものが作製された。もとより何の法的根拠もない。国境を越えた先はトルコだがビザを持っている者はいなかった。その点は問題ないと業者は言った。つまり検問所の担当者に賄賂をつかませてあるということだ。トルコ政府は通過するだけならば黙認という姿勢でいるらしい。

ぼくはただ運ばれればいいという身ではない。これは取材なのだ。

アル・ジャジーラの小さな支局に行ってそこまでの映像を本社に送り、手配を頼んでおいたジャーナリスト・ビザを受け取った。

機材はしっかり用意したが、心配なのはカメラの充電で、そのために予備の電池をいくつか買い込み、延長コードと各国のプラグのアダプターも買った。撮影の際は両手が空いていなければならないので、荷は大きめのバックパック一つにした。カメラはだぶだぶの上着の大きなポケットに入れ、すぐに出して使えるようにしてある。予備のカメラは水難に備えてビニール袋に入れて背負う荷の方に収めた。

旅行業者はぼくの取材に応じてこのビジネスの仕組みを語ってくれた。故郷を逃れざるを得ない人々の弱みにつけ込んでいると言われるかもしれないが、しかしこれは人助けでもある。すべてを経済原理が動かしている。そこに人道の原理も読み取ってほしいと彼は言った。しかし、この男がこの商売でどれだけ儲けていることか。

ぼくたちは朝早くアレッポでバスに乗った。広告写真のほどではないがまずまずバスとして通用するものが六台。みんなが乗り込む様子をビデオで撮って、最後にぼくも乗った。

三時間ほど走ってトルコとの国境に着いた。すぐ先がキリスという町。小さな検問所の通過には何の問題もなかった。

しかしそこを越えたところでバスから無蓋のトラック二台に乗り換えろと言われて男女の区別なく荷台にぎっしり詰め込まれた。

地中海に面するイズミールまでの一千キロほどに四日かかった。最初の夜はどこかの体育館のようなところで寝た。食事はトルコの薄いパンとトマトとタマネギ。塩はある。水は大きな容器のものが用意されていた。コップ一つをみなで順に使う。

ぼくは早くにトラックを降りてその宿舎に入り、素早く壁際にコンセントを見つけて荷を置いた。これで充電ができる。プラグを四つ繋げられるからみなが来てそれぞれの携帯電話を充電して行った。礼を言われたがぼくの電気ではない。

イズミールまでの旅費は払い込んだがその先はまた別の業者が対応する。多額の現金を持って行くのは危険なのでシリアから行く先々に送金してもらうようにと言われていた。その連絡のためにも携帯電話は必須だからグループを作って常に誰かの電話は使えるようにと。

その頃にはぼくがビデオ・ジャーナリストであることはみんなに知れ渡っていた。時には一対一でインタビューもできた。みんな疲れてはいたが何人かは応じてくれた。アサド政権のもとでは暮らしていけないと判断してヨーロッパに希望を託すと言う者が多かった。

トラックの荷台にぼくは素早く乗って運転台のすぐ後ろに位置を確保した。そして時々立って左手で荷台の枠につかまって右手でカメラを持った。荷台にいっぱいの人たちを撮り、その向こうの道路と周囲の風景を撮った。音は風の音とトラックの走行音ばかり。みんな移動に耐えるだけで言葉など交わさない。

立って撮って坐ろうとするともうそのスペースがない。ぎっしり人が詰まっているからその圧力で埋まってしまっている。無理に押しのけて坐ることになる。この状態では身体の接触はどうしようもないし、それは最初の五分でわかった。席に男女の区別もない。

再び坐ったところで右にいる誰かがトラックの動きによる揺れ以上に身を寄せてくることに気づいた。押し返すとまた押してくる。女らしい。しばらくそれを繰り返し、肩から肩への無言の会話を楽しいと思った。旅の一日目でまだ元気があった。

手を握ると握り返す。

スカーフで覆われた耳もとに口を向けて問うた——

どうした？

風で切れ切れに小声の答えが返ってきた——

あなたはしっかりした人らしいから頼りにしようと思って。一人旅なの。終わりまで一緒にいて。

肩の押し合いをしばらくした後で衣類の上から脚に触れた。拒まれなかった。荷物に隠れて他人からは見えない。さすがに衣類をまくって肌には触れなかったが女は身をよじって脚を開き、ぼくの手を導いた。広い緩い服だったからそのあたりに触れることができた。悪路を行くトラックの揺れがそのまま手の動きになる。肩を押す力で快感の度が伝えられた。長い間ずっとその状態でいた。

ちゃんと話をしたのは夜の体育館でのことだった。

女はぼくと手をつないでトラックを降り、体育館でもすぐ横に座を占めた。他の人々は最初からのカップルだと思ったかもしれない。そもそもみんな自分のことで精一杯で他人への関心などないのだ。

旅では二人でいるのはなにかと便利だ。食事を取りに行くのでも交代で行けば荷の見張りができる。

「わたしはミリアム。あなたは？」

「ラヤン。ビデオを撮るのは仕事だ」

「夫がベルリンというところにいるの。そこまで行きたい」

「行けるところまでは一緒に行ってあげよう。しかし仕事があるからその時は待っていて」

「すぐ近くで待っている。なるべく一人にしないで」

その次の日も同じトラックで同じ位置でくっつき合って過ごした。

時々触った。

この日はミリアムがジーンズの上から触り返してきた。

ぬるい興奮。

撮影は順調だが単調でもある。

昼食で町に停まった。

長距離バスの客を相手の食堂があったのでみなそこでまともなものを食べた。焼いた肉と野菜と米。前の日はパンとトマトと水だけだったからこの食事はありがたかった。

その晩は体育館などの用意はなく、野宿だった。林の中でそれぞれ勝手に寝ろと言われた。朝になったらトラックの警笛を鳴らす。すぐに集まって乗り込め。

まだ日の光があった。

ぼくはトラックからだいぶ離れた疎林の一角にバックパックをおろし、ミリアムに見ていてくれるように言って撮影に向かった。みんな三々五々、適当な距離を置いて林床に荷物を置き、一夜を過ごす準備をしていた。持っている衣類を夜具の代わりにする。


夜が更けて、周囲が静かになった。家族連れももう喋らない。みんな疲れて寝ているのだろう。

ぼくとミリアムは共に横になって小さな囁くような声で話した。

「夫という人は？」

「電気の仕事。だからベルリンでも働けるかもしれないって。電気は万国共通だから」

「なるほど」と言いながらぼくは二人の上に掛けたコートの下でミリアムの身体に手を伸ばした。

今度は肌に直《じか》に触れる。上へ上へと手を進める。ミリアムも同じことをした。それぞれに声を出さないまま快楽の頂点まで行った。

しかしそこまで。

ぼくはユルマズ・ギュネイの映画「路」のことを思い出していた。中近東の映画ファンならばみんな知っている名作だ。ギュネイはクルド人で、トルコ政府に投獄されたこともある。

映画はいくつかのエピソードから成るがセイト・アリの話がいちばん重い。彼は監獄から日数を限って釈放されて故郷の村に向かう。そこで妻を殺さなければならない。妻は生活に困って男たちに身を売り、それが露見して親族に幽閉されていた。彼はなんとか妻を救いたいと思っているがイスラムの掟に従って結局は自分の手で死なせることになる。雪の中の美しい悲しい場面だ。ぼくは成人してからはモスクに行ったことのない不信の徒だけれど、ミリアムに夫があることは尊重しなければならないと思った。だからお互いに手で触れる以上のことはしなかった。

セイト・アリの妻は生活のために知らぬ男に身を委ねた。ミリアムは旅の安全のためにぼくの手を受け入れた。どこが違うのだろう?

こういうことをイタル、あなたに伝えたいと思った。あなたが一緒には暮らしていない長年の恋人のことを話してくれたからかもしれない。その間に何の関連もないのだけれど。

四日目の昼過ぎにイズミールに着いた。何人かの代表が到着を証明する書類にサインした。これで第三者に託した料金が旅行業者に払い込まれる。

人々は銀行に行って親戚からの送金を受け取った。

その金を持ってギリシャに渡る船の業者のところに行って申し込みをする。一人千ドルは安いか高いか。

対岸のレスボスという島まではほんの十五キロほどだと聞いた。だから大きな船ではなくゾディアックと呼ばれる大型の黒いゴムボートが使われる。もともとが軍用で、フラットで幅が広いので荒天でもまず転覆することはない。気室がいくつもあって独立しているので敵の銃弾などで穴が開いても沈没はしない。そもそもこの短い航海に敵はいいない。大きな船外機が二基あって、一方は予備だという話。どこまで信用できるか。

この業界もビジネスである。客を無事に送れればその評判がフェイスブックなどで広まって次の客に繋がる。その一方でコストは削りたい。ぼくたちの旅で言えばバスはトラックに替わり、最初の晩の体育館は二日目は野宿になった。それでもこのルートはリビアからイタリアへの船の旅よりはずっと安全だと聞いていた。あちらでは海難で何百人もが死ぬ事故が再三あったらしい。

込み合っているので二日ほど待てと言われ、粗末な宿に案内された。この町のすべての宿が難民で溢れている。昼間はロカンタつまり食堂なのだというところで、卓と椅子を片付けて缶詰のイワシのように押し込まれる。ぼくが素早く動いて壁際のスペースを確保し、壁の側にミリアムを寝かせた。もうみんなこの二人の仲を公認しているのだから他の男が手を出すことはないのだが、用心用心。

翌日、ミリアムに荷の番をさせて町に出た。

町の風景・光景を撮る。さしておもしろいところではないが、それでもここに来たという証明にはなる。

帰る途中で運送業者に言われたとおりオレンジ色のライフジャケットを二つ買った。受け取ったミリアムは安心という顔をしたけれど、これが役に立つ時というのはとても危ない時だ。これを着けていては泳ぐことはできない。海に投げ出されてもただ浮いているしかない。救援の船が来なければいつまでも波間を漂うばかり。そもそも本気で作られたものかどうかも怪しい。形ばかりで色だけ目立つオレンジ色で、中はたぶん発泡スチロール。

それでもイズミールまで来られて、屋根の下で寝られて、安心してぐっすり寝た。夜中に眠りが浅くなって、手を伸ばしてミリアムの腰に触れたがぐっすり眠っていた。そのまま朝まで寝た。

翌日、まずトラックで目的の島の対岸まで運ばれた。

港ではなく砂浜に三隻のゾディアックが舳先をこちらに向けて待っていた。みんなここでライフジャケットを身に着ける。荷を持って乗り込む。なんとか足を濡らさないで済んだが、三隻は人でぎっしりになった。イズミールまで来たトラックと同じ状態だが揺れかたが違う。

実際、海は相当に荒れているように見えた。バックで砂浜を離れて向きを変えたとたんに大きく揺れ始めた。みんな悲鳴を上げた。

ゾディアックを操る男たちは渡れると判断したからこそ海に出たのだろうけれど、風がずいぶん強かったし白波も立っていた。そこを船外機の馬力でぐいぐい進む。正面から波に乗り上げてそのまま奈落に落ちる。横方向にも揺さぶられる。舷側にはロープがあって掴まれるが中の方には何もない。みんな右に左に前に後ろに翻弄された。やがてみんな横にいる者と腕を組んで鎖のようになった。誰かが吐いた。あちこちでそれが続いたが悪臭は一瞬にして風に吹き飛ばされた。ともかく転覆しないで向こう岸に着いてほしいとそればかり思った。

ぼくはミリアムを先に乗せ、自分はみなが乗る光景を撮ってから乗ったので舳先に坐ることになった。上下動が最も激しいところだ。しぶきをかぶるのでカメラは出せない。条件がよければいい画《え》が撮れるのにと思ったがそれどころではない。

一時間くらい走ったところで島の陰に入って風が弱まった。波も静かになった。前方に砂浜が見え、そこを目がけて突き進んだ。そのまま乗り上げる。船外機を回したまま、「降りろ」と言われた。舳先にいたぼくがまず降りて、続く人々を撮った。

みんなその場にへたり込んだ。ともかく地面だ。この先は何があっても荒れる海はない。ヨーロッパはどこまでも地続きだ。

しばらくして一人また一人、ゆっくりと立ち上がる。荷物をまとめる。恐怖の航海は終わった。ゾディアックが帰ってゆく。軽くなった分だけ波になぶられているようだが彼らは慣れているのだろう。

砂浜の前は崖だったが踏み跡がついていて、草木につかまると登ることができた。道に出た。どちらに行けばいいかわからない。みんなその場に坐り込んで、まずライフジャケットを脱ぎ捨てた。道の脇の木立の間にオレンジ色が点々と散った。

道端に坐ってこれからどうしようかと考えていると、車が来て停まった。普通の乗用車。降りてきたのは中年の女性で、みなを手で制して静まらせた。

「英語ができる人はいますか？」ときれいな英語で尋ねる。

ぼくは、本当ならこの場面を客観で撮りたかったのだが、他に誰も答えないのでしかたなく手を挙げた。

「英語、話します」

「ではみなさんに伝えて。ギリシャへようこそ。私はボランティア団体の者でヴィオレッタと言います。高いところから見ていて無事に上陸するのを見届けました。もうしばらくするとバスが来てみなさんを収容施設まで送ります。その先はボランティアではなく行政の管轄になりますが、寝るところと食べるものは保証されています。私たちも力一杯みなさんを支援します。まずは安心してください」

ぼくはヴィオレッタの言ったことをみなに通訳した。

それを終えてまた道の脇に坐った。隣にすっとミリアムが来て坐った。

07 アイラン・クルディ

あの時
資格を持たぬ者たちが
きみを悼むべきではなかった
きみを受難の象徴にして
かりそめの悲嘆に口づけすべきではなかった
無数の者の感情を束ねる紐として
きみの名を使うべきではなかった
砂浜に俯せになったきみの姿
水の冷たさ　唇の塩辛さ　寄せる波

きみはもうそれを感じてはいなかった
だったらそのまま放置すべきだった

そこはかつて行ったことがある島の対岸だったから
私はきみの死に引き寄せられた
医神アスクレピオスの島
連想の連鎖が私を連れ戻す
私が生涯で会ったいちばんの美女が
あの島で自転車で転んで
あの島と同じ形の傷をこしらえた
彼女のその傷にそっと指で触れはしたが
きみの冷たい遺体に私の指が触れることはなかった
悼むべきではない
その資格は誰にもない

きみは父アブドゥラに慈しまれ
兄ガリブと快活な日々を重ねるはずだった

新しい大陸に新しい故郷を見つけるはずだった
しかしきみは三歳で時間の外へ出た
そして永遠というものになってしまった
それを知って困惑した私は詩人たちに助けを求める
「最初に死んだものの後に又といふことはない。」
ディラン・トマスよ、あなたはきびしい
ある少女の死について——
「私はその死に見られる人間を／何か本当らしいことを言ふことで殺したり、／これからも無垢《むく》と若さを歌つて／息をする毎に設けられた祈禱所《きとうしょ》を／冒瀆《ぼうとく》したりすることはやらない。」（『日本文学全集20』吉田健一）
「一人の女の子が焼け死にした荘厳を私は殺さない。」
そうあなたは言う
なにしろあなたが書いた詩は「ロンドンで一人の子供が火災で死んだのを悼むことに対する拒絶」だもの
迂闊に悼んで死者の尊厳を傷つけまいとする深い配慮
しかしそれに普通の人間はついていけるか

アイラン・クルディ
きみが打ち上げられた浜の沖にマーメイドたちはいなかったか?
というのも
「ぼくは聞いたことがある　マーメイドたちの歌う声を」
とアルフレッド・プルーフロックが言っているからだ。
彼も海岸にいたはずだが、しかしまた「でも彼女たちはぼくのために歌っているのではなかった」とも言っている。
T・S・エリオットさんはそう証言している

アイラン・クルディ
きみの小さな遺体を運ぶのは天使の仕事だったはず
私たち人間は天使の抱擁に耐えられないし
リルケが言うように「すべての天使は恐ろしい」けれど
きみはもう天使を恐れる必要はなかった
人間たちが群がる前に天使かマーメイドが介入すべきだった
さもなくば海岸の小さな生物が寄ってきて
きみをついばみ

きみを自然に回帰させるのがよかった
今はもう私たちは天使を呼び寄せられない
マーメイドははるか沖の遠いところで歌っている
魔女は姿を見せてくれない
そういう時代

08 ジャーニー

やがてバスが来た。

一時間ほど走って大きな難民キャンプに着いた。

中に入ったところで男と女と家族に分けられた。

昼間は共有の場所で一緒にいてもいいが夜は別々だという。

風紀ということを考えるとそれもわかるし、ぼくの方は別に構わないが、ミリアムはちょっと不安そうな顔でこちらを見た。家族と言うわけにはいかない。それこそ戒律に違反する。

その後で説明会が開かれた。

アラビア語ができる人が今後のことを話す――

ここはギリシャ政府が運営している難民キャンプです。名前はカラ・テペと言います。みなさんを一時的に収容するところで、その時が来たらみなさんは船でピレウスの港を経てアテネに向かいます。その後はバスか鉄道でおそらく北の国境まで運ばれマケドニアからセルビアを経由して更に先の国に行けるでしょう。しかし国境を通すか通さないかは行く先々の国次第です。ギリシャはみなさんの通過を許可します。

（つまりさっさと次の国へ送り出したいのだ。）

ここでは秩序を守ってください。

待遇に不満はないはずです。

いろいろな国や地域からの難民がここに収容されています。互いの間でトラブルを起こさないでください。数日前にモリアという別のキャンプが閉鎖されました。若い連中の喧嘩が大きくなって、それでしかたなく全員を各地のキャンプに分散させるしかなくなりました。どうかそういうことのないように静かに移動の日を待ってください。

あとはここでの食事や設備などについての具体的な説明だった。

翌日、今回着いたみんなに仮登録書が発行された。これで公共の交通機関を使って移動を開始できる。業者に頼むよりずっと安いし安全でもある。

まだ難民申請はしないし、たぶんギリシャは受け付けないだろう。難民申請をするとずっとその国にいなければならなくなる。ギリシャにいても家族を呼び寄せることはできない。難民を遅滞なく受け入れて家族も呼べるのはまずはノールウェー、スウェーデン。ドイツもまあ早いと言われている。だから申請はしないままそこを目指す。

しかし途中の国で不法入国で拘束されることもあるらしい。その場合は来た国へ送り返される。ギリシャならトルコだろうがそれはまずない。しかしマケドニアからギリシャへはあるかもしれない。あの国の政策はよくわからない。いちばん難しいのはハンガリーだと聞いた。そもそも国境を閉じているとか。

ぼくはパスポートがあるしトルコでEU圏のジャーナリスト・ビザを受け取っている。したがって難民ではない。

シェンゲン協定によってEUの中ならばだいたいどこへでも行ける。

ここでキャンプの外に出て取材することもできる。

アル・ジャジーラのアテネ支局と電話で話した。

モリアのキャンプが閉鎖された理由が若い連中の喧嘩だったのは事実だが、騒ぎが大きくなったのは管理する側が催涙弾まで持ち出したからだった。それで収容された人々みんなが怒りだして収拾がつかなくなった。今は空っぽ。

他にはカリタスというキリスト教の団体がやっているところが町の反対側の海辺にある。取材に応じるか聞いてみようか。


翌日、ちょうど便があるから待てと言われて指定の時間に正面ゲートの前で待った。

やがて中型のバスがやってきた。

男が一人、クリップボードを持って降りてきた。

中に入ってしばらくすると二十人ほどの人たちを連れて出てきた。

みんなバスに乗る。

ぼくが男に声を掛けると相手はわかっているとうなずき、自分の横に乗るようにと促した。これで正面の景色を撮ることができる。

男は英語を話さなかった。

三十分ほどで目的地に着いた。見たところホテルのような建物だ。

ぼくは素早く降りて、下車してくる人たちの顔を撮った。みんな戸惑っている。ここはどういうところなのかと訝しんでいる。そこで気づいたのだが、子供と老人が多い。松葉杖の人もいた(あれでどうやって海を渡ってきたのか？　そう、周囲のみんなが助けたのだ)。

そのうち、子供の一人が敷地の奥を指さして何か叫んだ。

子供たちみんなが一斉にそちらへ走り出した。

その一角にブランコや滑り台などの遊具があった。子供たちはたちまちそれに群がって遊び始めた。ぼくはずっとその光景を撮り続けた。難民と一緒に旅をしているとこんな嬉しそうな顔に出会うことはめったにない。

十分ほど撮ってから振り向いて建物を見た。

やはり大きなホテルだ。鉄条網で仕切ってプレハブの建物を並べて仮設便所を置いたキャンプとは違う。バスを降りた人たちが当惑するはずだ。

気づくと傍らに若い女が立っていた。

ぼくの撮影がひとまず終わるのを待っていてくれたらしい。

「ラヤンさんですか？　クロエと申します。いろいろ説明はあるのですが、まずは建物の中を見ていただきましょう。撮っていけないものは何もありません。この人たちの暮らしもOKです。昨日、みんなの了解を得ておきました」

ホテルだから入るとすぐロビーがある。何人かの人がいて、みんなぼんやりした、しかし安心した顔でいる。子供を連れた女、子供を連れた男、老人、さっき見た松葉杖の人もいた。

それから客室の方に行った。

ドアは開けておくのが原則らしく室内が見えた。

時おりクロエが中の人に声を掛ける。

「あなたはシリア人でしたね。ではこの人と話してみて」と言ってその部屋に招じ入れる。

男が一人、六歳の男の子と八歳の女の子。母親の姿はない。

男の話を聞いた。やはりアサドの圧政に耐えかねて一家四人で国を出た。トルコを抜けて。ボートで海を渡った。両腕に二人の子を抱えて荒れる海を渡った。やっと着いたというのでボートを下りると妻の姿がない。必死で探したけれど見つからない。それが三週間ほど前のことで、その後も妻に会うことはなかった。

それだけを静かに話して、そして静かに泣き出した。

慰めの言葉を掛けたかったがここでのぼくの仕事はカメラの一部になって撮影することだ。

カメラを止めてから、何か言おうと思ったが気休め以外に言えることはなかった。頭を下げて部屋を出た。

クロエの話を聞いた。

私たちはカリタスというカトリック系の難民支援団体の者で、ここを運営しているのもカリタスです。この国の人の多くはギリシャ正教の信徒ですがカトリックもいます。このホテルを借り上げて、今は二百五十人ほどが暮らしています。カラ・テペから迎え入れるのは、さっきの人のように片親だけになってしまった家族、障害のある人、それに老人など。ここにいても難民には変わりないのでいつかは出てゆくのですが、それまではキャンプよりましな暮らしができる。食事もそう悪くないものを出せます。みんなの出身国はさっきの人のようにシリア、それにパレスティナやイラク、イラン、クルドの人もいました。

そこで彼女は身を乗り出して言った――「ギリシャは貧しい国です。国ぜんたいが債務不履行に陥りそうになったこともありました。街路の掃除だってできていない。それでもたくさんの人が難民のためのボランティア活動に参加しています。私はそれをとても誇らしく思います」

「不安そうでない顔を久しぶりに撮れました。とりわけ子供たちがよかった。ありがとうございました。そこで一つお願いがあるのですが、もしもここにワイファイがあったら使わせていただけませんか？」

「あら、お安い御用よ。パスワードはありませんからどうぞ」

ぼくは情報が欲しかった。フェイスブックに「シリア人が安全かつ無料で安全圏に到達するルート」というサイトがあった。たくさんの経験者が自分の体験や観察をアップしている。

それをひととおり見て、ここまでで撮った映像をアル・ジャジーラ本社に送った。それからこの先の取材計画を立てた。

ぼくが脱出するわけではない。いずれはそうするとしても今はこのルートを使う人たちを追ってその記録を残す。行く先々で素材を本社に送る。編集して番組にするのはあちらの仕事。

取材には誰か特定の一人に密着するのがいい。

ぼくには目を付けた男がいた。キャンプ内で話していてもなんとなく気が合うし、言葉から推測するとシリア人らしい。ぼくが見てきたのと同じような体験をしているのだろう。家族はいない。

あのタラールという男に話してみよう。

キャンプに戻ったところで声を掛けた。

「きみもシリア人だろう。ぼくはホムスから来た」

「おれはダマスカスからだ。スウェーデンまで行って家族を呼び寄せるつもり」

「一緒に旅をしないか？　二人だと何かと楽だから。この先もグループで動くだろうけれど、それがばらける時もなるべく一緒に動く」

「ああ、いいよ」と相手は軽く言った。

「ただし最初に言っておくことがある。いつもビデオを回しているのでもわかるとおり、ぼくは難民ではない。難民の旅を取材しているジャーナリストだ。だからきみと一緒に旅するのは自分のためではなくきみの旅を記録するためだ。うまくいけばいずれは番組になって、あるいはユーチューブで、世界に流れる。二人で一緒に動いても同じ資格ではない。ぼくはいつでも離脱できる。ＥＵ圏で通用するビザを持っている。しかしとことんぎりぎりまできみと行動を共にするつもりだ。しかし、きみはあくまでも取材対象だから、原則としてきみに手を貸すことはしない。ぼくはいわばきみの影だ。それでよければ一緒に行こう」

タラールは黙って聞いていた。

「知っていることは教えてくれるか？」

「きみでも知りうる範囲なら。例えば、『シリア人が安全かつ無料で安全圏に到達するルート』というサイトがある。数千人が登録して最新情報をアップしている。ぼくの知識はだいたいここからだし、これならばきみもアクセスできる」

「わかった。一緒に行こう。おれがおまえを助けることもあるかもしれないし」

これに気づかなかったのはぼくの驕りだったかもしれない。たしかにそういう局面はあるかもしれない。

キャンプの広場でミリアムを見かけた。

向こうから寄ってきた。

「ちょっと話がある。言いにくいが、この先は一緒には行けない」

「どうして？」

「きみには夫がありぼくには仕事がある」

うなだれて何も言わない。

「昨日だったか聞いたのだが、家族のない女たちでグループを作るという話があるだろう。あっちと一緒に行くのがいいよ」

「シマヴさんたちがやっている……」

「あの人はずいぶんしっかり者に見える」

「……」

「さっきインターネットで調べたんだが、この先はまだまだむずかしいことはあるが、しばらく前よりはずっとよくなったらしい。マケドニアは難民に三日のビザをだしてセルビアへ行けるようにしたし、セルビアは国の方針でハンガリー国境までの通過を許可しているという。ハンガリーも結局は国境を開いてオーストリアへ行けるようにしたようだ。オーストリアを横断すればもうドイツだ」

「そんなに簡単なの？」

「そうは言っていない。困難はまだまだあるだろう」

「あなたはいいわよ。いつでもこの人たちから離れられるんだから」

「そのとおり。しかしそうしたら仕事にならない」

また無言。

すっと背を向けて立ち去った。


明日、船に乗ると告げられた。

本土のピレウスという港まで行く。そこから首都のアテネまではすぐだ。この船は無料である。政府が運賃を出す。

つまり、レスボスのような小さな島では押し寄せる難民を捌ききれないということだ。ぼくたちが来た後も人々はどんどんトルコから渡ってきた。一度は閉鎖されたモリアのキャンプも再開された。だから強制的に運び出す。無料は当然のことだろう。

船というのは大きなフェリーだった。自動車を積む甲板は広いのでトラックの荷台のような詰め込みにはならなかった。鉄の床が固いからみんな荷物の上に坐ったが、やがて固さを我慢して衣類を敷いた上に寝た。低いエンジンの音が床下から伝わってきた。

夕方の五時に乗り込んで、出港したのは八時。ピレウスに着いたのは朝の八時だった。ずっと夜だったから海の景色を見ることはできなかったがゾディアックと違ってまったく揺れない。絶対安全の航海。

港はレスボスのよりずっと大きく、たくさんの船が泊まっているのが見えた。その間を縫って奥の方の桟橋に接岸した。

そこでバスが待っていた。ずいぶんりっぱなバスなのはこの国の産業が観光だからだと「安全ルート」のサイトに書いてあった。夏のハイシーズンではないからバスは余っているのだ。

一時間ほどで低い山と山の間のようなところにあるキャンプに着いた。濃い緑色の大きな軍用テントが何十も並んでいて、まずはここで待てと言われた。

テントには簡易ベッドがあり、便所は外の仮設、簡単な囲いの中にシャワーもある。食事は供する。電気もあるから携帯電話などの充電もできる。ワイファイも完備。二、三日のうちにここを出て鉄道の駅まで連れて行く。そこまでが政府のサービスだ。その先の運賃などは自費になる。

ずっと北のテッサロニキという都会までは鉄道で行ける。そこから北の国境までも鉄道はあるのだがそれは使えない。各自で動け。

テントに落ち着いたところでタラールと話した。

「どこの国も最初は入国を阻止しようとした。国境を封鎖したり船を追い返したり」

「聞いている」

「しかし難民の方は数が多い」

「そして必死だ」

「そのとおり。はるか遠くから苦労して文字通り命がけでやってきたんだ。ここで帰れと言われて帰るはずがない。そして言ったとおり数が多い。国に入れたくはないがほっておくと大混乱。だからどこも速やかに通過させるという方針に変えた。定住してほしくない。停留させたくない。北の金持ち国がみんな引き受けると言っているんだからそこに向けて送り出す」

「そうなるまでにみんな苦労しただろう」

「地中海を渡るルートなんか船が沈んで何百人も死んだらしい。それにどの国も規則がくるくる変わる。その理由がわからない」

携帯電話のGPSマップで見てみるとここはアテネの東の方の山沿いらしい。市街地には入れないということか。

改めて「安全ルート」のサイトを見ると情報は豊富だった。行く先々での汽車の切符の買いかた、徒歩で国境などを越える時のコースと目印、必携の品（国際SIMカード、皮膚の乾燥防止のクリーム、簡単な救急キット、運べるかぎり大きいペットボトル、長持ちする非常食、綿の下着……）、それにできるかぎり身ぎれいな服装をしろという忠告もある。行った先の人たちに嫌われないように。


三日目の朝、出発だと言われた。

荷を持って迎えのバスに乗る。

バスは五台あった。

四十分ほど走って小さな駅の前に停まった。

プラットホームの先の側線に客車の列が見えて、それに乗れと言われた。一般の乗客は乗せない専用列車らしかった。見たところがらがら。

すぐには出発しなかった。バスはまたさっきまでぼくたちがいたキャンプに戻って次の客を運んでくるらしい。

GPSで見るとアテネの少し北のあたりだった。テッサロニキというところに行く線の始発駅から何駅か先らしい。

駅舎の待合室に机が二つ置いてあって、一方には「銀行」、他方には「乗車券」と書かれた札があった。

難民たちは多額の現金を持って歩いてはいけないと言われている。強盗などに奪われたらそれっきりだから少額だけ身につけ、行く先々の費用は遠方の縁者から送金させる。やりとりは携帯電話。

トルコを出てからここまで銀行に寄ることはなかったからみなここで現金を手に入れることになる。それを見越しての銀行の出張サービスらしい。携帯電話の画面を銀行員に見せて相手はその内容を入力し、本人が四桁の暗証番号を入れると取引は完了してユーロ札が手渡される。それを持って隣の机に行って切符を買う。

難民たちの中には貧しい者もいるが、最小限この旅を始めるに足るだけの資金はあったらしい。それを不安と共に遣いながら歩を進める。だから贅沢は慎む。歩けるところは歩く覚悟でいる。

そういう話を聞いた。

結局、出発したのは夜になってからだった。


翌日の昼、大きな都会に着いた。

テッサロニキだ。

我々にとってはシリア以来の大きな都会で、その意味ではダマスカスやホムスやアレッポに似ているとも言えるが、しかしこの町の建物には砲撃の跡はない。

この先はどうするかと思案していると、ボランティア団体の人が来てみんなに事態を説明してくれた。

マケドニアとの国境までは七十キロ。

鉄道はあるが政府はそれを難民に使わせない。

そこで、方法は四つある。

お金がある人はタクシーを使える。安全で速くて快適。二時間ほどで着く。

次に、マイクロバスを提供する業者もいる。保証はできないがまずまず安全だろうと思う。

次に普通の乗用車で運ぶと言って客を募る白タクのような業者。これはマイクロバスより安いがあまり推奨はできない。過去には犯罪に結びついた例もある。

四番目は歩くこと。

二日か三日で着くだろうし、途中で食べるものも買える。

だいたいサイトの「安全ルート」に書いてあるとおりだからこの情報は信頼できると思った。

「どうする?」とタラールに聞いた。

「おれは歩く。ここであまり金を遣いたくない」

「では一緒に行こう」

ボランティア団体の人が市街を出てあとは一本道というところまで案内してくれた。みんななるべくまとまって動けと言われる。道中に危険がないではない。

大きな建物を左右に見ながら車の往来の多い賑やかな道を行った。

アレッポやホムスに似ていて似ていない。

まずここにはモスクがないし、だから信者を祈りに誘《いざな》うアザーンも聞こえない。

立派に見える建物はよく見るとずいぶん荒れている。それに街路もゴミが散乱しているし厨芥が積み上げられて悪臭を放っているところもある。行政に予算がないことがわかる。このへんはシリアと同じだ。

レスボス島のクロエの言っていたことを思い出した——

ここはヨーロッパでは貧しい国です。生活は苦しいし国ぜんたいが債務不履行に陥りそうになったこともありました。それなのにここの人たちがボランティアとして難民を熱心に助けるのを私は誇りに思っています。『聖書』には「旅人の接待を忘るな。ある人これにより知らずして御使いを宿したり」という言葉があります。あなたたちは天使かもしれない。私たちはこうして奉仕することで主に貸しを作っているのです。いつか主は多くの利子をつけて返してくださるから。

少し速く歩いて、道端の一点で立ち止まる。

「ちょっと待ってくれないか。ここで来る人たちを撮るから」

こういう時も一緒というのがぼくとタラールの約束だ。できるかぎり別行動はしない。

彼は邪魔にならないようぼくの後ろに坐り込んだ。

次々に難民がやってきて通り過ぎて行った。男たちは足が速く、女のグループはそれに次ぎ（シマヴさんに率いられたミリアムたちも通った。彼女はこちらにちょっと手を振った。元気そうだった）、その後から子連れの家族が来る。

そのうちの一組を見てタラールがすっと立って近づいた。

母親はまだ歩けない幼児を抱いている。父親はトランクを二つ両手に提げている。母親の片手にも小さなトランク。

「手伝うよ」とタラールが父親に言った。「あんたの荷、重そうだ。それをおれが持って、あんたはその奥さんの荷を持つ。いいな」

相手はきょとんとしている。アラビア語はわからないらしい。

「信用しろ、ずっと一緒に行くから」

そう言って父親のトランクに手を伸ばし、母親のトランクを指さした。「ほら、あんたはあれを持つ」

父親はタラールの意図を理解してトランクを置いた。

それを持って、「はは、けっこう重いぜ」と言う。子供づれはどうしても持つものが多くなる。

タラールは自分のバックパックもある。

それで歩き出した。

ぼくはふと思いついてみなを止めた。

「これがある」と言って自分のバックパックからいつも持っている紐を出した。「これでトランク二つの取っ手を結ぶ。そうすると肩から担げる。両手で持つより楽だろう」

「おまえ、頭いいな」と言いながらタラールはその方法を実行した。

その様子を撮影する。

「しばらく行ったら交代するよ」


三時間ほど歩いたところに粗末なカフェがあった。先に行った連中がみな休んでいる。

そこでぼくらも休憩した。

小さなカップのトルコ風のコーヒーを飲む。

家族はちょっと離れたところの地面に坐ってペットボトルの水を飲んでいる。父親が水道の水を補給した。

ぼくは彼らに近づいた。

「ぼくはシリア」と自分を指す。「きみたちは?」

しばらくしておずおずと答えが返ってきた。

「クルド」

クルド語はペルシャ語系だからアラビア語とはぜんぜん違う。

その日の夕方、宿に着いたが部屋はもう一杯だった。少しの金で玄関ホールの床に寝ることができた。

家族は近くの林の中で野宿するつもりらしい。

「お金、節約しているんだ」

「さっきもコーヒー飲まなかったものな」

「だからと言ってコーヒーをおごりはしない。それは、なんて言うか、ルール違反だ。荷物を持ってやるところまで」

「いいんだよ、それで。あの母親は両手で子を抱ける。子供はずっと安心できる」


タラールが言う――

「おまえだって難民だろ」

「どういう意味だ?」

「この仕事が終わったら、つまりおれがスウェーデンに着いて滞在許可を得るところまで撮ったら、そこでシリアに帰るのか?」

「それはしない」

「ではやはりスウェーデンで難民申請して永住権を取るしかないじゃないか」

言われてみればそうだ。

「そこで家族を呼び寄せるのか？　おれみたいに」

「家族はいない。みんな死んだ。恋人がいたが市街戦で死んだ。ずっと反政府の側で取材してきたが、もうそれもいいいと思って国を出ることにした。そこで難民について行くという企画を思いついた」

「シリアは絶望か？」

「ＥＵが希望か？」

「難民について行く。そうなんだよ、あんたは。遊牧民というのは家畜を率いて旅するんじゃない。行く先は家畜の方が知っている。季節ごとにうまい草と豊富な水のあるところを知っている。人間はその後について行くんだ。昔からそうだった」


三日目の午後、みんなが国境越えの拠点としているハラ・ホテルというところに着いた。建物の内外に二百人くらいの人がいた。

ここから一時間ほどのところにマケドニアの入り口がある。たぶん今も開いている。

「どうする？」とタラールが聞いた。

「撮ったものの整理もあるし、できれば本社に送りたい。それにここに来る人たちも撮りたいしインタビューもしたい。三日くらいここにいないか」

「おれは異存はないよ。あ、あの家族はどうするかな」

行って話してみた。自分たちはここに残るけれどあんたがたはどうする？　彼らはこちらが手真似で言うことを理解して、自分たちはすぐに発つと言った。たぶん無駄な金と時間を使いたくないのだろう。

それから父親の方がタラールの手を両手で握りしめて、「スーパス」と何度も言った。たぶんクルド語でありがとうの意だろう。次にぼくの手も握る。痛いほど力を込めて。

「あ、その紐は持っていっていいよ」とぼくは言った。「あげるよ」

そうして彼らは出発した。

難民は次々にやってきた。

何人かにインタビューを試みた。

だいたいぼくたちと同じ経路で来た人たちだったが、何人かがブルガリア経由で来たと言った。海が怖いので陸路を選んだのだが、とても辛い旅だったと言う。

トルコのイスタンブルからヨーロッパ側に入って国境を目指した。

そこまでは業者のバスで行ったが、その先は自力でと言われた。向こう側にも同じような業者がいるかもしれないと。

平地を避けて山の中で国境を越えた。

後は歩くしかない。

森の中の道をみんなで一列になって進んだ。

夜はまとまって寝た。

そこで野犬の群れに襲われた。こちらは銃はおろか棍棒さえ持っていない。トランクで叩き伏せたりしてなんとか撃退したが何人かが噛まれた。

ほら、私も、と言ってその人は腕をまくって見せた。くっきりと歯形がついている。

消毒薬はあったし抗生物質も持っている人がいて分けてもらったが、あの犬は狂犬病ではないかとずっと不安だった。幸い発病はしなかった。

森を抜けて里に下りると警官に捕まった。強制送還かと思ったら金をせびられた。しかたがないので払った。

その先も政府の方針かみんな冷たくて、食べるものを売ってくれない。子供がいるからと言ったら、ある母親がこっそり子供の分をわけてくれた。

この国の業者はマフィアの経営で危ないと聞いていたので、運ぶと言って声を掛けてくる者がいても無視して歩き続けた。

それでも困難が多いので進路を南に変えて早くギリシャに入ることにした。

国境に小さな検問所があった。

しかし通さないと言う。

入れないのはわかるが出さないとはどういうことか。

こちらは人数があったので強引に押し通った。

後ろから発砲されたが威嚇か嫌がらせだったらしく誰にも当たらなかった。

ギリシャ国内は鉄道と徒歩でここまで来た。

トルコからそのままギリシャに入ればよかったのだからあれは判断の間違いだった。

ぼくたちは二十人ほどでハラ・ホテルを出発した。

敷地の裏手に回ると少し下がったところからずっと平地になっていた。その草の中を歩く。青い遠い山脈がきれいだったが誰もそちらを見ている余裕はない。足下だけを見て歩を進める。しばらく行くと急斜面に出た。荷物があっても子供がいてもここは滑り降りるしかない。ほとんど転がり落ちるようなものだが、みんな勇猛果敢だった。先へ先へと促すものがある。

「安全ルート」にはやがてバルダル川に出るからそれを渡ってずっと行くと畑になると書いてあった。

川には橋が架かっていたのでそこを渡る。

後ろから車が来たので警察かと緊張したが車は猛スピードで通り過ぎた。

向こう岸に着いたところで、この道は目立ちすぎるから下に降りようと誰かが言った。みんなそれに従って堤防の下、川面に近いところまで降りて川に沿って進んだ。国境まではまだ三キロ以上あるはずだ。

しばらく行ってから様子をうかがいながら土手の上に出た。川に沿っては木立になっており、それを抜けるとヒマワリとトウモロコシの畑だった。その間を一列になって進む。少し畑の方に入ってからその光景を撮った。どこか葬列のような不思議な画になった。

「安全ルート」が指示する越境地点に着いたとGPSは告げたが、そこには何の施設もなく、代わりに数人のマケドニア兵がいて、「ここではない」と言った。もっと西。威嚇的ではなくむしろ親切な印象だった。

言われるままに三十分ほど歩くと畑の中で数百人の難民が手続きを待っていた。

ここが非合法越境の合法的なゲートだった。

マケドニアもさほどの苦労なく通過することができた。

南北に百五十キロほど。つまり三日だけのビザでも通れないわけではないし、遅れたところで逮捕拘禁はされないだろう。入り口で数を把握し、出口で出たことを確認する。

ぼくとタラールはここでも業者のマイクロバスを避けて歩く人たちと行動を共にした。タラールはまた別の親子連れの家族の荷運びを手伝った。その様子をぼくが撮影する。

「この男の善行の証拠ですと言ってアッラーに提出しよう」

「ダメだ。おれは悪いことをしすぎたから」と言って笑う。

旅路の終わりあたりに首都スコピエがあった。

テッサロニキほど大きくはないが新しい建物が多くて活気もあった。

道端にテーブルを並べたカフェがあったのでタラールとおそるおそる椅子に着いてみた。

ボーイが来た。こちらはバックパックを背負って見るからに難民だから追い立てられるかと思ったが注文を聞いてくれる。

何日かぶりにコーヒーを飲んだ。

次の国境を越えてセルビアに入るのも問題なかった。

さて、あといくつの国境を越えれば新しい故郷に着けるのか？

09 艱難辛苦の十三箇月

ずいぶん迷ったのですけれど、やはりお話ししましょう。

あれは本当に辛い苦しい一年でした。

忘れてしまうのがいいとも思いましたが、しかし結局のところ、私は泰子と昌平と洋子を連れて夫と共に日本に帰ることができたのです。今は安泰。今は大丈夫。

私は力のかぎりを尽くしました。

辛苦の記憶はそのまま私が荒野に建てた塔だと思っております。

慎ましい塔ですが、今も私の心の中にしっかりと立っています。

辛いことは山ほどあったけれど書き残して恥ずかしいことは何一つありませんでした。盗みはしなかったし人をだましもしませんでした。幸いソ連兵に襲われもせず、朝鮮人に身を売りもしないで済んだのです。

そういうことを体験した人たちがいたことを私は知っています。新京で別れる時、何があっても子供たちと生き延びろ、と夫は言いました。十六年間、互いに信じ合って暮らしてきた。これで私たちの人生は終わりとなっても悔やむところはないはずだ。子供たちの人生行路を開いてやることこそ、今、私たちに残された親としての義務ではないのか。こうやって子供たちをおまえに預ける以上、万一、おまえが貞操の危険にさらされることがあっても、それで子供たちを守れるものなら、自分は決しておまえを責めはしない。

そういうことにならずに済んだのはただただ運というしかありません。運、あるいは運命でしょうか。郭山《かくさん》では一日一日がどう終わるかわかりませんでした。だれもが押し寄せる不安の中で生きておりました。毎日が坊主めくり、どんな札が出るかわからなかったのです。

飢えと寒さと厳しい労働の日々。

たくさんの人たちを見送りました。

見たくない光景をいやというほど見ました。

せっかくそこから新京に戻れたのに、そこで洋一を失いました。これからの私の人生はあの子の後生のためにあると思っています。残った三人の子の幸福がそのままあの子の供養です。

私たちは新京に住んでいました。

昭和七年に建国された満洲国の首都です。

規模で言えば奉天に次ぐ第二の都会で、とても立派な町でした。

駅から南にまっすぐ延びる大同大街は片側だけで自動車が四台並んで走れる幅がありました。電信柱は一本もなく、街路樹がにぎやかに枝と葉を広げ、真ん中の歩道は細長い公園のようでした。すべての道がまっすぐ計画的に作られ、建物もよく考えて配置されて、秩序そのものでした。大同大街にならぶビルジングは東京の銀座通りと同じように軒の高さが揃っておりました。なにもないところに作った町だからすべて合理的なのだと夫は言いました。そもそも満洲が何もないところに作られた国だから。

私たちは昭和十四年に山形から満洲に移りました。夫と私と長女の泰子、長男の昌平、次女の洋子。新しい国で新しい暮らしを開く。新京の整った市街はそれを約束してくれているようでした。やがて次男の洋一が生まれて、子供が四人になりました。

昭和二十年、満洲暦では康徳十二年、夫は教員や視学官などの職を経て裕昌源《ゆうしょうげん》という食品を扱う日満合同の会社に勤めておりました。

家族はその会社の社宅のような家に住んでいました。充分な広さがあって、あの時代になんとお便所は水洗でした。内地では見たこともないもの。

その家で私は満人の女中を一人使って家事を切り盛りし、四人の子を育て、夫の世話をしました。食べるものは近所で手に入ったし、ちょっと贅沢なものは三《み》中井《なかい》百貨店まで行けば買えます。

あの町の日本人の普通の暮らしだと思っておりました。

四年前の真珠湾の時から日本は戦争でしたが戦場はいずれも南の方だし、新聞は連戦連勝と書いているし、自分たちからは遠い話だと思っておりました。

しかし時がたつにつれて満洲でも戦争の気配が濃くなってきました。最強の関東軍がいるから大丈夫と言いながら、空襲のない新京でも防空壕が掘られるようになりました。

その年の八月九日、夫のもとに召集令状が来ました。四十二歳の一家の主を兵隊に取るのかと嘆きましたが、お国の命令ですからしかたがありません。頭の上に暗い雲がかぶさってくるようでした。私が留守宅を守らなければならない。

夫は十二日までに四平省梅河口《ばいかこう》の部隊に入隊することになりました。

十一日、私は夫の汽車の切符を買いに駅に行ったのですが、駅は大混乱で、その日の分はもうないと言われました。遅れてもいいから翌日出発せよ。

その夜、隣組の非常呼集の鐘が鳴りました。

近所のみなさんを前に組長が事態を説明しました。ソ連軍はすぐ近くまで迫っている。出征した夫の留守家族は疎開させると決まった。明日の朝までに各自リュックサック一個の荷を持って広場に集合。区ごとに駅に向かう。残りたい者は勝手に残っていいが身の安全の保障はない。

家に戻って夫と話しました。

ソ連軍が来て新京はどうなるかわからない。噂では関東軍はさっさと撤退してしまったらしい。

ソ連軍とてまさか女子供を皆殺しにはしないだろうけれど、それでも何が起こるかわからない。自分は出征でいなくなる。行くか残るか、どうする？

私は「出征遺家族」として疎開する方を選びました。私と十六歳の泰子、十歳の昌平、七歳の洋子、こちらで生まれた四歳の洋一。

その晩のうちに食料、薬品、貴重品をリュックに詰め、夏なのに着られるだけの衣類を着込みました。しばらくして混乱が収まったら新京に戻れると思っておりました。

夫に洋一を背負ってもらって、自分は洋子の手を引いて、親子六人で駅に行ったのですが、乗るべき汽車はなかなか来ません。炎天下で待ってやっと来たのは客車ではなく屋根もない貨車の列でした。これに乗るの？

夫に別れを告げて、貨車に近づきました。憲兵が子供を抱き上げて車内に放り込んでいます。それまでのここの暮らしにはなかった混乱の光景でした。この混乱と苦難がこの先も長く続くことになるのを私たちはまだ知りませんでした。

貨車の中にぎっしり詰め込まれて、家族ごとに身を寄せ合い、子を抱え、荷を抱え、揺れるままにじっとしていました。

汽車は駅でもないところで何度も長く停車しました。そしてまたいきなり走り出すのです。この機会にと小用に降りた人たちの中には取り残される者もおりました。広い平野なので人に見えないよう遠くまで行ったのがいけなかったのです。あの人たちはその後どうなったのでしょう。

途中で雨になってみなずぶ濡れになりました。トンネルでは煤煙にまみれて黒い顔になったけれど互いに見てもそれを笑う元気はありませんでした。

どこかの駅で一夜を過ごして、翌朝、長い鉄橋を渡りました。誰かが鴨緑江だと言ったので朝鮮に入ったことがわかりました。ここはもう満洲ではない。自分たちの国ではない。

汽車は走り続け、その日の午後、小さな駅に停まりました。平安北道定州郡郭山面と駅名板に書いてありました。面は町とか村のことと後で知りました。

線路沿いに男の人が駆け足で来て、ここで降りてください、これ以上は先へ進めません、と怒鳴ってまた次の貨車の方へ走って行きました。

日本人の警官が待っていました。その人に導かれて小さな町を抜けて歩き、着いたところは町はずれの国民学校でした。夏休みなので学童はいません。

ここがしばらくの宿と教えられました。

校庭でみなの人数の把握や班作りを指揮したのは一緒に来た満洲国経済部の男の人たちでした。この人たちが疎開隊を束ねるとのことです。でも男の人はほぼそれだけで、残りのほとんどは女と子供でした。それに老人が少し。壮丁がいません。

千人くらいを班に分けてそれぞれ教室に入りました。私たちは第十三班でした。一畳に三人くらい押し込められて、荷物を置くとようやく寝られるくらいです。

二日ほどして外の様子が変わりました。朝鮮人がたくさんやってきて怒鳴ったり石を投げたりしはじめたのです。ガラスが割れます。

「俺たちは日本人に恨みがある！」と日本語で叫ぶ声が切れ切れに聞こえました。私たちは怯えて小さくなって震えていました。後で考えるとそれが八月十五日のことでした。

そんなに恨まれているのかと思いました。新京には朝鮮人は多くはいませんでした。何軒か朝鮮人がやっている店があるくらいでした。

私たちは「日・朝・満・蒙・漢」の五族協和という満洲国建国の精神は聞いていましたが、隣の国である朝鮮が実際にどんなところかは知りませんでした。

新京にいた時、幼い昌平が誰に聞いたのか、「チョーセンチンチョーセンチンとパカにする。同しニンケンてもパカにする」と歌っているのを聞いて夫が叱ったことがありました。そんなことを言ってはいけない。ここではみんな仲よくするのだ。

しかし実際には日本人とその他の人々の間には暮らしでも何でも違いがあるのはわかっていました。うちで働いてくれた満人の女中は片言の日本語を覚えて話したけれど、私の方は満語を覚えようとはしませんでした。私の古着をやると喜ばれました。よく働くいい子だったけれど、結局はそういう関係に過ぎなかった。郭山まで来て、朝鮮人に責められて、私は初めて満洲の日本人が特権階級だったことに思い至りました。

翌日、ことの次第がわかりました。大日本帝国は連合国に降伏したのです。戦争に負けたと天皇陛下がラジオで仰った。日本は負けた。無条件降伏。全身の力が抜けました。坐り込んで泣く人もいました。

郭山に前から住んでいる日本人の人たちが匿《かくま》ってほしいと言って来ました。町では朝鮮人が日本人に暴行を加え、家財を略奪している。とりわけ普段から威張っていた警官が目の敵にされている。山の上にある郭山神社が燃やされた。

やがて朝鮮人の保安隊という男の人たちが来て持ち物の検査をしました。厳しい徹底したものでした。みんな貴重品や現金を隠すのに必死でした。

その人たちが探していたのはもっぱら武器でしたが、薬品も征露丸や太田胃散まですべて没収されました。なぜかというと荷物の中に自決用にと渡された青酸カリがあったのです。これで朝鮮人を殺すつもりかと問われて弁明したけれど、考えてみれば青酸カリは一種の武器です。自分にも使えるけれど他人にも使える。

この時に薬品を奪われたことは後々禍根を残しました。薬がないために救える命も救えないことが多かったのです。ラジオをすべて没収されたことで私たちは外の世界で何が起こっているかわからなくなりました。

郭山に着いたその日から食料の不足が始まりました。

リュック一つには大した量は入れられません。行った先でなんとかなるだろうと思って出るしかなかったのですが、人口一万ほどの小さな町に私たち千人以上が押し寄せたのです。周りは日本人を憎む朝鮮人ばかり。

それぞれにある程度のお金は持ってきていました。それで当面のお米などを買えるという目算でしたがそう簡単ではないようです。町のまわりには水田もあって青々しているけれど、今は収穫の前だから米はないと言われました。蓄えはここの人が食べるだけで精一杯。

疎開隊本部がみなからお金を集め、食物を一括して買う算段をしましたが、手に入ったのは大豆や玉蜀黍などの雑穀ばかりでした。配給は大人は一日に二合、子供は一合。漬物一切れが贅沢に見えました。初めのうち、幼児にだけ一日二個の小さな握り飯が配られて、うちの洋一ももらいました。

やがて玉蜀黍は石臼で挽いてお粥にするしかないくらいの量しか手に入らなくなりました。それもどんどん質の悪いものになって、乾いて固くなったのをふやかそうと水に入れると粉のような青カビが水面に浮いてくるのです。

九月に入ると国民学校は授業が始まるので疎開隊は駅の裏の農産倉庫に移るよう言われました。そこは窓がなく、床はコンクリのままで、そこに藁むしろを敷いて寝るのです。建物の周囲には鉄条網があって許可がないと外に出られません。

この倉庫にしても収穫期が来たら穀物を入れるので明け渡すよう言われていました。行く先のあてはありません。いずれは冬が来ます。新京よりはだいぶ南に来たけれどここだってずいぶん寒くなるでしょう。緯度で言えば盛岡くらいと物知りの人が教えてくれました。私たちが住んでいた山形とあまり変わらない。故郷の冬の寒さを思い出しました。

疎開隊の中の不平等が露骨に見えてきて、みんなの仲がとげとげしくなりました。誰もが空腹に耐えているはずなのにちゃんと食べている人もいる。

何十万円という額の現金を持って来た人がいるらしいのです。お金を出せば食物を買うことができます。朝鮮人の女たちが倉庫まで餅や飴、漬物、煮魚などを売りに来ました。町に出れば温《おん》飯屋《ぱんや》という食堂があって、夜の闇に紛れて抜け出してそこで食べてくる人たちがいます。白いご飯が漬物を添えて一杯十一円という話を聞きました。先のことを考えて私は子供たちに我慢させました。

ある時、泰子が新京にいた時に食べたおいしいもののことを思い出して一つまた一つと話し始めました。みながそれぞれに思い出す。洋一が「キャラメル」と言っただけであの甘さ、歯で少しずつ噛んだ感じ、溶けてゆくところ、匂い、包装の箱の色がよみがえります。

「もう止めましょう。いつかまた食べられるから」と私は言いました。言いながらそれがその場かぎりのおざなりの言葉であることを知っていました。この境遇から抜け出す方途はまるで見えません。キャラメルは夢の中にしかない。その晩はことさら空腹が辛いとみんな思いました。

泥棒騒ぎが日常のことになりました。現金が盗まれるだけでなく、洗濯物も目を離した隙になくなる。上着でも下着でも毛布でもみんな盗られる。夜になって朝鮮人が来て買ってゆくらしいのです。その値もどんどん下がっていると聞きました。

満洲円は日本円と等価ですがそれではものは買えない。そう言われて朝鮮のお金に換えます。それも相場は下がる一方でした。

私は三千五百円を持って新京を出ました。日本人が逃げ出すと聞いて押しかけてきた隣人たちに家財を安く売ったお金と、非常用に手元にあったお金。

隣組から翌朝の列車のことを知らされたのが土曜日の夕方でしたから銀行や郵便局で預金をおろす暇はありませんでした。それでも三千五百円は新京で家族六人が半年は暮らせる額だったはずです。

物売りに来る朝鮮人が朝鮮紙幣でなければ受け取らないと言うので、しかたがないから換金するのですが、どんどん比率が悪くなりました。

朝鮮の円も日本や満洲の円と同じだったはずなのに、はじめは百円が六十円だったのが、やがて三十円になり、その翌日は二十五円と言われました。だって昨日まではと言うと、「明日は二十円ですよ。それでもよければ」と言い返されます。

私の所持金は朝鮮紙幣でわずか三百九十円になってしまいました。茹でた玉蜀黍が一本五円。とても買えません。

私は人に教えられて道端のスベリヒユなどの野草を摘んで湯掻いた後、配給の岩塩をまぶして子供に食べさせました。

ある時期までは防空壕の埋め戻しや道普請などの賃仕事もあったのですが、郭山は小さな町なのでやがてそれも尽きました。日本人に食料を回すなという声が高くなったとも聞きました。

衛生状態が悪化します。

国民学校にいた夏の間は裏山の清流で身体を洗うこともできたのですが、秋になって倉庫に移ってからは水は冷たくてとても入れるものではありません。

やがてどこからともなくノミとシラミがやってきてみんなの衣服に取り付きました。着ているものを裏返すと縫い目に沿ってシラミの卵がびっしりついているのです。

最初こそ見た途端に悲鳴を上げる人もいたけれど、やがて誰もが恥もなく脱いで裸になって退治するようになりました。ノミは跳ねて逃げるから追いかけて潰します。限りなく湧いてでるようで、焼石に水という言葉を思い出しました。

ある日、洗濯から戻って休んでいるとひどい悪寒が襲ってきました。歯がガチガチ鳴る。着られるかぎりを着て横になったけれど寒くてしかたがない。身体が震え始めました。しばらくすると今度は身体が熱くなりました。体温計で測ると四十二度を超えていました。

医務室に行って昼から並んで夜になって順番が回って来た時、たった一人の元軍医さんが「マラリアですね。もう五十人ほどいますよ」と言いました。「キニーネがあれば治るのだけれど、ここにはないのですよ」

　身体の力がどんどん減っていくのがわかりました。お便所に行くのも泰子に支えられてやっとのこと。このまま私が死ねば子供たちの面倒を見る者がいなくなる。死んではいけない。

　親しい人が、裏山の向こうにある家で薬を分けてもらえるらしいと教えてくれました。少し熱の下がった日に残ったたった一枚の十円札を帯に挟んで行ってみることにしました。幸いそれらしい家が見つかって声を掛けると、ふっくらした朝鮮人の主婦《オモニ》が出てきました。抱いた赤ん坊におっぱいをやっています。その人は日本語はわかりませんでしたが、マラリアという言葉、キニーネという言葉は知っていました。

　なんとか分けてもらえませんかと必死で訴えました。

　オモニは自分の子を指さして何か聞きます。あんたにも子はいるかと問われたのだと思って指で四人と答えました。とたんにその人の表情が緩んで、家の奥へ行って、錠剤を四粒取ってきて差し出してくれました。押し頂いて十円札を出したのですが受け取ってもらえません。

　押し問答をしているところへ若い男の人が帰ってきました。この人は日本語が上手だったので事情を話しました。聞くとオモニの息子で職業は教師だとのこと。私自身が山形から始めて十七年教職にあったことを話して、そんなことで気持ちが通じ合いました。

「この土地の人もずっとマラリアに苦しめられてきました。私の祖父は医者だったので家にはキニーネが残っています。これで治ると思いますが、そうでなければまた来てください」と言ってくれました。

十円札を押しつけるようにして帰りかけると、奥さんが何かの大きな実の殻のようなものに白いご飯を盛ってきてくれました。おかずに大根と唐辛子の煮物が添えてあります。

「この器はパカチと言って、このあたりではどんぶり代わりに使います。日本語では瓢箪ですか」と息子さんが説明してくれました。

子供たちにご飯を食べさせられるのが嬉しくて飛ぶように戻りました。私も食欲が戻って少し食べることができました。キニーネはよく効いて、二日ほどでマラリアは治まりました。

私は助かりましたが亡くなる者はどんどん増えていきました。八月と九月にそれぞれ十三人だったのが十月には二十九人。急性肺炎や腸カタル、小児結核、肺浸潤などが死因ということでしたが、結局はぜんぶ栄養失調なのです。食べるものが足りないのです。

冬になる前に倉庫は明け渡せと言われていました。

それで仮住まいの建物でも造ることになりました。みんなで拠出したお金二十三万円で山の上の方の荒れた土地を借りて、更に十六万円を出して材木を買い、朝鮮人の棟梁を雇いました。オンドルという朝鮮式の暖房のついた宿舎を十七棟建てるというので、病人と乳幼児を除く百二十人ずつが毎日交代で勤労奉仕に出ました。

実際には壁も屋根も薄い粗末な小屋です。

朝鮮人の大工たちに教えられるままに、地ならし、床の下地作り、壁塗り、屋根葺きなどをします。オンドルを造るための石も自分たちで布の袋に入れて運びました。

うちの昌平はオンドルや炊事に使う薪を運ぶ仕事を割り当てられました。木を伐るのは宿舎の敷地から何キロも離れた山の奥です。丸太を二本ずつ縛って縄を肩に掛けて引きずって運ぶ。下り坂だからできたことでした。

十二月七日、宿舎は完成して形ばかりのお祝いが開かれました。

挨拶などの後は演芸大会です。棟梁がマッコリという朝鮮のどぶろくをみなにふるまってくれ、大工たちがアリランという民謡を歌いました。朝鮮語がわかる人が歌詞を説明してくれます――

アリラン、アリラン、アラーリーヨー
アリラン峠、越えてゆく
私を捨てて行くあなた
十里もゆかずに足が痛む

別れの歌。なんでこんなに悲しい歌なのだろう、と思いました。朝鮮の十里は日本の一里だとのこと。

郭山には少人数ながらソ連兵が駐屯していました。ぼろの軍服を着た敗残兵のような兵たちで、武装も鉄砲だけで大砲の類はないようでした。こんな連中に負けたのかと嘆く人もいました。

何かの用で疎開隊本部に行った時に聞いたところでは、朝鮮半島は北緯三十八度線を境に北はソ連、南はアメリカが支配しているのだそうです。

郭山を仕切っているのはソ連の部隊でした。

その将校が私たちの暮らしぶりに目を留め、不衛生がひどいというので入浴の日を作ってくれました。銭湯を一日借り切って日本人だけで使うのです。改めて自分たちがどんなに汚いかを知って驚きました。情けないことです。

幼児に一人あたり一キロの原綿を配ってくれたのもこの部隊でした。衣類をほどいて綿を入れて薄い布団のようなものを作りました。

その一方、ソ連という国の方針は鉄の壁でした。郭山で一部の人がこのままではどうしようもないから南へ移動しようと言い出しました。汽車に乗っていって南へ入り、最後は船で内地に帰る。しかしこの案はソ連が三十八度線を絶対に越えさせないとわかったので立ち消えになりました。

同じようにして鴨緑江を越えて新京に戻ろうという声もあったのですが、これも難しいようでした。だいいち新京がどうなっているか皆目わからない。

と思っていたところへ北からの報せが入りました。

所用で満洲に行く朝鮮人にあちらの日本人会に連絡して状況を知らせるよう頼んであったのに返事が来たのです。

それによると満洲国の旧首都は長春という昔の名に変わったけれど、終戦の混乱を抜けてまず静かな生活が戻っているとのこと。日本人はみな前の職を失ってそれぞれに食べ物の露店などでなんとか暮らしているらしい。

旧新京では残った経済部の人たちが中心になって事態を整理している。安定した生活をしている人が身元引受人になれば郭山から戻る許可が出る。

その名簿も届いて十一月十九日の朝、第一次北上組の百二名が汽車で出発しました。

その名簿の中に夫の名はありませんでした。


炊事や薪運びと並んで病室当番が回ってきます。

感染の危険があるのでみな嫌がるのですが、しかし病人を放置はできません。

床に伏せる人々の中に若い母親がいました。

すぐ横に痩せ衰えた赤ん坊がいるのですが、藁布団がその子のうんちなどで汚れきっています。

枕元には洗濯を待つ衣類の山。

母親が「昨日の当番の人が、川が凍っていて洗えないと言って持ち帰ったのです。おしめにするものがもう何もなくて」と苦しそうな声で言いました。

放ってもおけないのでそれを抱えて川に行きました。

石を投げて氷を割って洗うのですが、そうするうちにも衣類がばりばりに凍ります。手は冷たいのを超えて痛いのです。これでも洗ったことになるのかと思いながら洗って、戻って炊事場でお湯を分けてもらって濯ぎました。それを外に干すとまた凍って板のようになってしまう。

病室に戻って若い母親の汚れた顔を見て、せめて拭いてあげようと思いました。

「手ぬぐいはありますか」と聞くと「その風呂敷の中に」と言います。

開くと、財布やハンドバッグに混じって真新しい純綿のタオルがありました。

炊事場に行ってお湯に浸して絞り、母親のところに戻って手渡しました。

しばらく顔に当ててじっとしていて、次に身を起こして子供の顔を拭いてやります。裏返して自分の顔を拭います。

それを見て、「まあ、こんなに汚れていたのね。この暖かい手ぬぐい、病気になってからいちばん嬉しいことでした。ありがとうございました」と言いました。

財布もハンドバッグも上等な品ですから、たぶん新京ではいい暮らしをしていた人なのでしょう。

ぽつりぽつり身の上を話してくれました。

山口カズ子さん。四国の丸亀の出身で二十八歳というから私より一回り若い人でした。二歳になる子供の名は進一。

子が病気になったので看病しているうちに自分も具合が悪くなって、たぶんもう長くはないのでしょう。それは諦めますが、子を残して逝くのが辛くて。

元気を出すようにと気休めのようなことを言ってその場を離れました。

二日後が大晦日で、少しは暖かい日でした。川に洗濯に行った帰り、あの二人はどうしているかと病室に寄ってみたのですが、そこには別の人が寝ていました。医務室で聞いてみると、夜中に前後して二人とも息が絶えたと教えられました。一緒に葬ったとのこと。母子一緒でよかった、と言えるのでしょうか。

元旦の炊事当番が回ってきました。

準備は前の日から始まります。せっかくのお正月なのだから朝はいつもの玉蜀黍にお米も入ったお握りと決まりました。厚さ七分ほどの小さな丸餅が全員の分だけ手に入ったのでこれは夕食に出しましょう。

ところが、前からしばしばあったことですが、この日は竈が不調でした。薪が生木のままなので水気が多くてなかなか火が点かない。さんざ苦労しましたが燃えてくれません。ランプに使う灯油を掛けてみましたが、その焔は一瞬で消えて薪には燃え移らないのです。

いつもより二時間も遅れて十時ころになってようやく一回目が炊き上がりましたが、時間がかかったせいか生煮えのひどい代物でした。二回目三回目はいよいよ遅れました。そして夜のお餅も火がないのでなかば凍ったまま、それと塩を振りかけた大根の切れはし、というのがこの年の正月の祝い膳でした。

翌日にはまたきつい薪運びが再開されました。

よく働いたその夜、ランプの火も消した中で誰かが「歌い初《ぞ》めをしましょう」と言いました。歌ならば真っ暗な中でも歌えます。うちの班は東北の人が多かったので誰かが福島の民謡を歌いました。お仲間がちゃんと合いの手を入れます――

〽エーヤ、会津磐梯山は宝の山よ
笹に黄金がエーマタなりさがる
小原庄助さん
なんで身上つぶした
朝寝、朝酒、朝湯が大好きで
それで身上つぶした
はあ、もっともだもっともだ

笹に黄金は稲穂のことでしょう。豊年満作など今ここでは夢のようなこと。朝寝、朝酒、朝湯も私たちにはまるで無縁のものでしたが、それでも歌は楽しかったのです。この話が伝わって演芸班が作られました。班と言ってもお一人だけです。新京で講談師だったというおじいさんがカンテラを下げて各宿舎を回り、講談や小話や落語を披露しました。歌の会もあちこちで開かれたようです。

日がたつにつれて消える命の数が増えました。

二月十一日の紀元節の翌日にはその日だけで六名を葬ったと聞きました。そのうちの五名までが幼い子で、ほとんどが麻疹。麻疹は小児結核と並んで子供には恐ろしい病気です。栄養が足りなくて体力がないのであっという間に死んでしまいます。二日続けて二人の子をなくした母親もいました。

母親でも亡くなる方が多くなりました。私と同じか、もっと若いか。私も自分のマラリアのことを思い出してまた恐ろしくなりました。

なきがらは山の上の方に作った仮の墓地に埋めるのですが、凍った土はシャベルではなかなか掘れません。浅い穴に下着だけにした子を入れて土を掛け、土饅頭にする。その土饅頭が山肌に遠くまで連なっていました。

二月の半ば、去年の秋に新京に行った経済部の遠藤さんという人がなんとか越境して戻って来ました。

私も含めて何十人かの母親が疎開隊の事務所に呼び出されました。肉親についての消息がわかった人ということでした。

私の手に夫からの短い連絡の紙が置かれました。

「井上寅吉、新京、船山宅に健在す」という間違いない夫の筆跡はすぐに涙でかすんで見えなくなりました。夫が生きて新京にいる。出征したけれども戦死することも捕虜になってシベリアに送られることもなく、あの町に戻っている。

船山というのは私の姉の嫁ぎ先の姓で、つまりは家族です。あそこなら安心。

たった十五字だったけれどこれまでの生涯でいちばん嬉しい便りでした。

十一月に北上組が出発した時、残った私たちは郭山の冬がこれほど厳しいとは知りませんでした。あれからいったい何人の子供と老人と母親が亡くなったのでしょう。どれほどの飢えと凍えと病気と重労働に私たちは耐えたのでしょう。

私たちは新京へ帰れることになりました。

難題は汽車賃です。

私はソ連の駐屯部隊が支給してくれた原綿と自分の帯で作った布団をまた帯に戻して朝鮮人に売って現金に替えました。

それでも足りないと思っていたところへ、夫が鴨緑江を渡ってすぐの安東《あんとう》まで迎えに来るという報せが届きました。そこまでの汽車賃ならば払えます。

新京に身元引受人がいて帰れる人とそうでない人が分かれます。悲喜交々でした。

ここで私たちと親しくなって互いに助け合った行友春江さんはご主人が軍人で行方が知れないままでした。私の遠縁ということにしたらなんとかなるかもしれないと考えて申請したら受け付けられました。

同じく親しかった髙見澤さんのこと。三人の息子がいて、二番目の子は栄養失調でずいぶん弱っていました。その下に幼い女の子がいたのですが何か月か前に亡くなっていました。髙見澤さんは身元引受の人がいて帰る資格はあってもちろん帰りたいけれど旅費が足りない。諦めるしかないと嘆いていると、同じ班の老夫婦がこう言ってくれました、「私たちはまだ大丈夫だから、先に新京へお帰りなさい。少しお金に余裕があるから旅費を立て替えてあげましょう」。

こういうことで運命は変わるのです。

私はほんの少しながら飴を買って、キニーネを下さった恩人の家に別れの挨拶に行きました。息子さんはいなくてオモニだけでした。この地を離れると言ってあの時のお礼を言うと、悲しい顔で涙を浮かべ、身振り手振りで何か伝えようとします。聞いてみると、あの後、七歳と三歳の子があいついで麻疹で亡くなったらしいのです。

精一杯の慰めの気持ちを伝えて抱き合って泣いてその場を離れました。


二月二十三日に私たちは出発しました。

朝早く山の上の宿舎を出て駅への道を辿ります。

弱って歩く力のない洋一を泰子と昌平がかわるがわる背負い、私は洋子の手を引きます。

平地に降りて川に沿った道を行くと初めの半月を過ごした国民学校の建物が見えました。八月十五日の青酸カリのことがあって井戸を使うことを禁止されてからはこの川まで水を汲みに来ていたことを思い出しました。

その日の北上組は百七十三名だと駅での点呼の時に聞きました。

汽車は午前七時半に郭山の駅を出ました。

鴨緑江の鉄橋を渡ったのは昼ごろだったでしょうか。

やがて安東駅に着いて汽車は停まりました。その晩は汽車の中で過ごして、次の朝、新京から迎えに来た夫と再会することができました。

「よく元気でいてくれたなあ」と言ってしゃがんで四人の子を束にして抱きかかえる夫を後ろから見て髪が薄くなっていることに気づきました。あちらも苦労が多かったのです。

郭山で苦労を共にしてきた人と言って行友さん親子を夫に紹介しました。

新京は元の長春という名に戻っていました。もう満洲国の首都ではない。満洲国そのものがないのです。

そこまでの列車を用意したのは八路軍だそうです。八路軍と国府軍は共に支那の軍隊ですが、それがこのあたりで戦っている。ソ連が去った後の長春はまた戦場になるかもしれないと夫から聞きました。

長春と名が変わっても私たちには新京です。懐かしい駅に着いて、まずは姉の家に向かいました。七名で押しかけた私たちを姉夫婦は歓迎してくれました。すぐに沸かしてくれた風呂の湯舟に浸かって、ようやく郭山を離れられたのだとしみじみ思いました。あちらでは半年の間に入浴は一回きりでしたから。

もともとの私たちの家は市の北東の方、長春大街に近いところにありました。夫が勤める裕昌源という会社のすぐ近くの借り上げの社宅でした。しかしそのあたりは略奪などで荒れてしまってとても住めないとのこと。とりあえず姉の家を足がかりにして新しい住処を探すことにしました。

この町の日本人はみんな元の職を失って、売るものも売り尽くし、お医者さんでもなければ収入の途はない。食べ物の露店など、なんとか工夫して生計を立てるしかない。

それでも夫は仕事を見つけていました。

かつて幹部として勤めていた裕昌源は支那人の経営に代わっていて、そこに復職することはできません。でも以前に夫の下で働いていた人たちが相談して、この会社が作って売っている白酒《パイチュウ》を格安で卸してくれることになったのだと夫は話しました。

満洲国は五族協和が建前でしたが実際にはどこでもいちばん上にいるのは日本人でした。それでも夫は日本人と漢人や満人を区別せずなるべく同じように扱っていました。それで得た人望が混乱の後で役に立ったのです。

「我的朋友、在旨吃飯把　友だちの仲だ、一緒に飯を食えば気持ちも通じる」と言ってくれたとのこと。これは友情と信義の言葉だと夫は言います。

その人たちが手伝ってくれて酒を売る屋台ができました。他の店に売り歩くために白酒の壺を運ぶ荷車も用意されました。会社員だったのが荷車を曳く身になったのですから夫も辛かったでしょうが、でもそのおかげで一家は暮らしを立てることができたのです。家族もみんなで力を合わせたのです。

やがて住む家が見つかって姉のところを出ました。

前の長春大街とは反対側、ずっと西の方に行ったあたりでした。元は満洲国のお役人の官舎だったという建物で、赤煉瓦造りの二階建てのアパートで、ペチカがありました。

近くに鉄骨で支えられた背の高い給水塔があります。

道を隔ててすぐのところに泰子が通っていた錦ヶ丘高等女学校の建物が見えました。

去年、戦時ということで泰子たちの教室では英語や音楽の授業はなくなり、登校の時は足にゲートルを巻いて背中に木刀を負うという姿で通った学校です。そこで繰り上げ卒業、泰子たちはいわば学校から追い出されたのです。

家は見つかって暮らしの目処も立ったのですが、末っ子の洋一の具合がおもわしくありません。郭山にいた時から弱って痩せ細っていました。ここへ戻る汽車の中でまた下痢が始まりました。ここで日本人の先生に診てもらっても好転はしないまま身体の力を失ってゆきました。夫は本当に心配して家にいる間はずっと洋一のそばについていました。洋一は歌を歌ってとせがみます。それがいつも「戦友」という、軍歌なのに悲しいあの歌なのです。

ここはおくにをなんびゃくり
はなれてとおきまんしゅうの
あかいゆうひにてらされて
ともはのずえのいしのした

日露戦争に召集された二人の兵士の友情の歌です。
たぶん故郷は互いに遠かったのでしょう。それが出征という奇縁で出会って、肝胆相照らす仲になった。

おもえばきょねんふなでして
おくにがみえずなったとき
げんかいなだにてをにぎり
なをなのったがはじめにて

それよりのちはいっぽんの
たばこもふたりわけてのみ
ついたてがみもみせおうて
みのうえばなしくりかえし

かたをだいてはくちぐせに
どうせいのちはないものよ
しんだらこつをたのむぞと
いいかわしたるふたりなか

おもいもよらずわれひとり
ふしぎにいのちながらえて
あかいゆうひのまんしゅうに
とものつかあなほろうとは

なぜあの子があんなにこの歌を聞きたがったのかわかりません。自分が満洲で生まれたことは知っていましたから、満洲という言葉に惹かれたのかもしれません。それにしてもこの歌は悲しすぎると私たちは思いました。

三月二十八日、洋一は「ぼくを穴の中に埋めないでね」と言って、その翌日、息を引き取りました。最後まで言葉はしっかりしていました。

郭山で山の上の墓地へ連れていったことはなかったのですが、大人たちの話に聞いたことはあったかもしれません。それとこの歌の「とものつかあなほろうとは」が幼い心の中で重なったのでしょうか。

赤い夕日の満洲にこの子を埋めることはできない。いつか自分たちは日本に帰れるはず。その時はこの子も連れて帰る。

でもお骨にするにも新京あらため長春の火葬場はつぎつぎに亡くなる人たちを捌ききれないのでした。ずっと先まで埋まっていて子供の遺体など相手にしてくれません。私たちは自分たちで洋一を荼毘《だび》に付すことにしました。

その時の私たちの家は大同広場の先、結局は宮殿が建たなかった帝宮造営予定地と旧南新京駅の間あたりにあって、西の方に歩くと何もない原っぱになっていました。家族でそこまで行って、冬枯れの草をたくさん刈り取って山にし、用意していった薪をその上に積んで洋一の粗末な棺を置いて火を点けました。

焔の中で洋一は白い僅かな骨になりました。

家族みんなで細い小さな骨を一本ずつ拾って白木の小箱に納めました。これで冷たい土の中に埋めることはしないで済んだと安心しました。これからもずっと一緒にいられるのです。

ソ連軍は旧新京にあった重機械をぜんぶ運び去ってから撤収しました。

その後へ来たのは支那の国府軍でした。

しばらくはそれで収まっていたのですが、そこへもう一つの支那の軍隊である八路軍が来て戦闘になりました。

噂では毛沢東という共産党の党首が率いる八路軍は見た目は軍服もそろわずぼろぼろだけれど精鋭で、強くて、それに規律が厳しく決して略奪や婦女暴行をしないのだそうです。人民の味方だから人民から奪わず人民を犯さない。

それに対して蔣介石が率いる国府軍はアメリカから支給される武器をたくさん持っていて軍服

も綺麗だけれど、でも弱い。

アメリカは私たち在満の日本人の帰国を進める方針だと聞いていたので、できれば国府軍に勝って欲しかったのですが。

四月の半ば、八路軍が西から攻めてきました。

戒厳令が布かれて私たちは家の中に籠もってじっとしていました。国府軍は押しまくられて東の方へ敗走しました。長春は八路軍の支配下に入りました。

一か月ほど後、主力部隊の到着を待っていた国府軍が市の東側から反攻に出ました。

前線が市を縦断します。

国府軍は順天大街にあった元の国務院を陣地にし、八路軍は泰子が通っていた錦ヶ丘高等女学校に立てこもりました。私たちの家はちょうどその真ん中にあります。頭上を大砲の弾が飛び交い、鉄砲の弾は横から飛んできて時には窓ガラスを割りました。私たちは部屋の隅で小さくなっていたのですが、幸いなことに弾は煉瓦の壁を抜けることはありませんでした。

戦闘は一日と一晩続きました。

静かになってから何時間かしたころ、おそるおそる外に出てみました。

八路軍が陣地にしていた女学校の建物は焼け焦げてところどころ崩れていました。

それでもうちの近くにあった給水塔は無傷のまま立っていました。

新京は大きな川がなかったので水不足に悩まされました。遠くの川から引いた水を貯水池に溜め、それを市内に配るための施設が給水塔でした。どちらの軍もここには弾が当たらないようにしたのでしょう。我が家が無事だったのもそのおかげかもしれません。

給水塔の真下に番人の小屋があって支那人の夫婦が住み込みでいたのですが、見ている前で二人が出てきてあたりの片づけを始めました。

国府軍がこのあたり一帯を押さえたことで日本人の帰国が実現するかもしれないという噂が流れました。徒《あだ》な希望で踊って後で泣きたくないのでなるべく信じないようにしていたのですが、長春日本人会に近い人から今度こそ本当みたいだと聞きました。旧満洲各地の日本人会が蔣介石の国民党に早期の帰還を訴えていたのが功を奏したとのこと。日本政府の方は何を言っても梨のつぶてだったそうです。私たちは捨てられた民でした。

ここからずっと西、遼東湾に面した葫蘆島《ころとう》というところにアメリカ軍が港を用意した。満洲に残った日本人はそこまで行って船に乗って内地に帰る。そう聞かされました。

長春で第一陣が出発したのは七月八日、ここで生計の手段がなくて困窮している人たち二千五百人が旅立ちました。

後は順番を待つだけです。

八月の半ばになって通知が来ました。

終戦の日から一年、満洲に渡ってから七年、日本に帰るのです。

汽車が出るのは我が家からはまっすぐ西にある旧南新京駅でした。指定された時間に家族五人で行くと待っていたのは屋根のない貨車の列。一年前に同じように屋根のない貨車で南に向かったことを思い出しましたが、でも今回は葫蘆島という目的地がはっきりしており、そこで船が待っているのも信じられました。徒な希望ではありません。

葫蘆島でずいぶん待たされて船に乗り、博多港に上陸したのは九月の十日でした。込み合う汽車に乗って、五日後、夫の実家がある山形県南村山郡東村に帰り着きました。新京を離れた日から数えてちょうど四百日、艱難辛苦の十三箇月の旅路が終わりました。

＊これは井上卓弥著『満洲難民』（幻冬舎）の記述を著者の許可を得てフィクションとして作り直したものである。

10 ヴルニャチカ・バーニャ

ラヤンの報告でセルビアという地名が出たのをきっかけに私はあの国のことを思い出した。取材で私も行ったことがある。

ＮＨＫ－ＢＳが「小国の運命」というシリーズを作るというので、私にはセルビアが割り当てられた。それまでほとんど知らない国だったのでにわか勉強で概略を摑んだ。

もとはユーゴスラビアである。かつて東欧ではそれなりに存在感のあった社会主義国で、ソ連とは距離を置いて（つまりワルシャワ条約機構に加わらずに）独自の路線を貫いていた。それを指導したのがチトーというカリスマ性の高い大統領だった。多民族、多宗教、多言語。「七つの国境、六つの共和国、五つの民族、四つの言語、三つの宗教、二つの文字、一つの国家」を標榜していたと手元の参考書にあった。

しかし当時の国際情勢の中で安定した国家運営には無理があった。もともとバルカン半島は小国・小民族がひしめく混乱の地である。第一次世界大戦撃発の雷管はサラエボでのオーストリア皇太子暗殺事件だった。第二次大戦から三十五年、チトーが亡くなった後で六つの共和国はたがいに干戈《かんか》を交えて独立を宣言、ばらばらになった。すなわちスロベニア、クロアチア、セルビア(コソボとヴォイヴォディナを含む)、ボスニア・ヘルツェゴビナ、モンテネグロ、マケドニア。

しかしそれまでの間、五つの民族はどこでも互いに混じり合って暮らしていたのだ。新たな国境が引かれるとその地域内の少数民族が弾き出される。大量の難民が生まれる。何世代も前から隣人として一緒に暮らしていたご近所との仲にずっと上から大義が割り込んできて亀裂を作る。そのままの暮らしを続けがたい雰囲気が醸成され、圧力が日々強くなる。身の危険も感じられる。しかたなく人々は動き始める。何十年も前から住んできた家を捨て、家財のほとんどを捨て、着の身着のまま、せいぜいトランク一つで旅立つ。

あちこちの内乱を外の勢力がそれぞれの利害に応じて煽る。武器を売りつけ、事件の一つ一つを勝手に解釈して民族浄化などというレッテルを貼って喧伝する。

その騒ぎがひとまず収まって一種の安定に達した二十世紀の最後の頃、セルビアの一部だったコソボのアルバニア人が独立を言い出した。国家はまずもって領土の保全を基本方針とするものだから、セルビアはこれを認めなかった。コソボの独立派は域内のセルビア系の人々を迫害し始めた。

そして、ここで、欧米諸国はセルビアを悪者に仕立てるという方針を採った。さすがに国連軍は動かなかったがNATOがベオグラードを爆撃した。露骨な直接介入であり、これまでのユーゴ圏の紛争にはない事態だった。

この国に何十年も住む日本人のKさんが取材のコーディネーターをしてくれる。NHKヨーロッパ総局の紹介だった。

セルビアという国のぜんたいの雰囲気を摑むのにKさんの話はとても役に立った。

手元に残しておいた編集前のラッシュを見ながらあの旅のことを思い出した。しかし映像はあってもメモの方が心許ない。

とても風の強い日だった。Kさんと一緒に歩いた大きな公園の記念碑に「私は腕は奪われたがまだ大きな翼がある。これで鳥のように見えるかぎりの地平を覆う」と書いてあった。その場でKさんが訳してくれた。デサンカ・マクシモビッチという女性の詩人の言葉だそうだ。ここは第二次大戦の時に虐殺された人々を忘れないための公園だという。人々は有蓋のトラックに乗るように言われる。排気ガスが内部に吹き込まれるようになっていて着いた時には全員が死んでいる。予め掘ってあった穴に放り込まれる。簡便な移動アウシュビッツ。

一九九九年の戦争の時はインフレもひどかったとKさんは言う。第一次大戦後のドイツのレンテンマルクの時と同じ。大学に給料を取りに行くのが数日遅れると貨幣価値が数分の一になる。現物支給でビスケット半缶とか。

ＥＵから粉ミルクが支給されて喜んだが、実はこれはチェルノブイリの事故で汚染されて他に持ってゆきどころのない品だという噂がたって、それでも欲しいという友人に渡して、その友人も考えたあげく結局は捨てたという。

Ｋさんは話す――

爆撃のこと。

まさかと思ううちに本当のことになりました。

それに備えて食べるものなど買ってはおいたのですが、どこかでまさかと思っていて。ランブイエ会議は決裂したと伝えられましたけれど、でもＮＡＴＯが直接攻撃までするかとみんな半信半疑でした。

私は日本国籍がありますからこの国を出ることもできました。大使館からは何度も避難勧告の電話がありました。自分たちも出るのだからと最後の便の前に言われました。でも、ここには長く暮らしてきてたくさんの友人と隣人がいます。彼らにはどこにも逃げる場所がない。それならば未知のこの恐ろしい体験をみんなと共有した方がいい。ことが終わってからのこのこ帰ってくるのは、と思いました。

本当に爆弾が降るらしいという報せが友人からありました。「どうして世界はこんなに私たちを憎むの？」と行きつけのスーパーのレジのおばさんが言っていたのを思い出しました。

そして、三月二十四日の夜、初めて空襲警報が鳴りました。高く高く上ってゆくようなサイレンの音が何度も繰り返されました。

私と家族はどうするか、みなで話しました。近くに避難所はあるけれど暗くて埃っぽいという話なのでそのまま十一階の家に留まることにしました。みんなの話では空襲は懲罰的であっても殲滅的ではないということ。つまり第二次大戦の時のドレスデンや東京のような絨毯爆撃ではない。それに今の爆弾は相手が狙ったところに正確に落ちる。うちのような普通のアパートメントが標的になる可能性は低い。では家にいて運を天に任せることにしよう。

飛行機の音がして、町のどこかから爆弾の破裂する音が届く。しばらくすると、まるで任務を終えたかのように飛行機は去ってゆく。任務なのです、建物を壊し人を何人も殺すのが。飛行機に乗っている人は下がどうなっているか知らない。考えもしない。

最初の爆弾は難民センターに落ちました。その後では放送局に、化学薬品の工場にも、地域スチーム暖房センターにも（まだ寒いのに何千戸もの家で暖房が使えなくなりました）。その他、たくさんの建物に。

放送局のすぐ隣にはこども文化会館と人形劇場があります。被害はあそこまで及ばなかったか？　夜中だから子供はいなかったとしても。

毎晩脅えて浅い眠りを眠ります。外から何か音が響くたびに目が覚める。どうかここに落ちませんようにと祈る。では他のところならいいの？　他の人の上なら？

爆撃は夜間だけでした。だから昼間はみんな仕事に行ったり買い物をしたり、動くことができました。そのうち、NATOはこれを「〈慈悲深い天使〉作戦」と呼んでいると伝えられました。なんというグロテスクな命名！　昼間は天使で夜は悪魔に変わるのでしょうか。

ある夜、停電がありました。

夜中にいきなり電気が消える。

バルコニーに出てみると町ぜんたいが闇に沈んでいる。

翌日になって聞いたのは、そういうための特別の爆弾があるのだということでした。鉄の容器の中に大きな鉄の網が入っていて、それが高圧送電線の上で爆発して網が電線にかぶさる。ショートして停電になる。

あの時期、あの七十八日の間、私たちはともかく人とつながろうとしました。ずいぶん会っていなかった友人が電話をしてきたり、道で会えば長い立ち話をしたり、普段は顔を見知るだけで話したことのない隣人に声を掛けたり、詩人仲間は書いた詩を手紙やファックスで交換したり。

外からの敵意に対して内側からは親密さでいわば殻を作って守る。そんな気持ちでした。

それでも爆弾は落ちるしミサイルは飛来します。

みんなロシアン・ルーレットをもじってセルビアン・ルーレットと呼んでいました。大きな国の人たちがもう何十年も体験したことのない、すっかり忘れてしまって人ごとでしかない恐怖。私たちが住む十五階建てのアパートメントに当たったミサイルや爆弾はありませんでした。でも死者が出なかったわけではありません。死んだのは私たちがよく知っている四階の家族の子でした。兄と妹の二人、ステファンとダヤナ。八歳ともうすぐ五歳。

首都は危ないからと田舎の祖父母のところに疎開して、なんとまあそこで爆弾に遭った。

その話を友人から聞いた私は両腕できつく自分の身体を抱きしめ、壁に寄りかかり、深く息をして、しばらくしてふと顔を上げた時、幼い二人が手をつないで天国への長い階段を上ってゆく後ろ姿を青空に見たように思いました。

ジョン・レノンが死んだ時の話を知っていますか？　あの事件の直前、レノンはダコタ・ハウスにある自分の家に帰ろうとしていた。玄関の前まで来た時、ファンの一人が駆けよってサインを求めた。彼は応じてその紙に自分の名を書いて玄関の方に向かった。その姿を見ていたヨーコは「あれは天国に入る申請書にサインしていたの」と言った。

……Kさんの話は尽きなかった。

翌日、案内してもらってＮＡＴＯの爆撃で壊された国防省などの建物を撮影した。未だに修復はしてない。むしろ被害の記念碑のように見えた。

その後で駅の方に行ってまだ残っていたシリア難民のテント村を丁寧に撮ったのは、この時点ですでに私の中に彼らへの関心があったからだろう。彼らはまもなくクロアチアに移動すると聞いた。


ベオグラードから車で田舎の保養地へ移動した。途中の村々の道端で大きな網の袋に入れた大量のパプリカを売っているのを見る。派手な赤が映像向きだったので車を停めて降りて撮った。売っている人の表情もいい。

これはこの国の基本食材であるアイヴァルというペーストを作るのだそうだ。家々で作って瓶詰めにして次のシーズンまで食べるというから韓国におけるキムチのようなものか。隣のハンガリーでは粉にした香辛料の方のパプリカをすべての料理に用いるとも聞いた。


三時間ほどでヴルニャチカ・バーニャという小さな町に着いた。ここは温泉のある保養地だが、Kさんの意図はそれではなかった。

彼女はこの町でコソボからの難民の女性たちの支援活動をずっとやってきた。その人たちに会って話を聞いてほしいというのだが、これは正に私の取材にぴったりの機会だった。

ホテルに一泊した翌朝、機材を持って図書館に行った。

二十人ほどが集まって円陣の形に坐っている。みな一九九八年の六月から翌年の春にかけてコソボから脱出した人たちで、Kさんの組織は女性のみを扱うから集ったのは夫や子供と生き別れになった人や寡婦などだった。

迫害に耐えて、耐えきれなくなって、家を出る、村を出る。

そういう辛苦の話を人数分聞いた。一人は話の途中で泣き出してしまって後が続かない。Kさんが駆けよって肩を抱く。仲間が声を掛ける。

その後で支援センターに歩いて移動してお昼ご飯。この女性たちが前の晩、夜中までかかって作ってくれた手料理を御馳走になる。

パンをみなで分けて食べることを象徴する儀式がおもしろかった。まず二人が立って、直径三十センチほどの分厚いパンを両側から持ってぐるぐる回し、大きく二つに割って鼻に寄せて芳香を嗅ぐ。それから小さくちぎってみなに配る。これはいい映像になった。

チーズや香草などのパイがうまかったし、パプリカの肉詰めもとてもおいしい。あちこちに昨日の道で見たアイヴァルが使われている。

午前中の会の時に泣き出した人が改めて話すと言ってくれた――

コソボの小さな町で何代も前から暮らしていた家系で、夫もセルビア系でした。子供はいませんでした。

自分たちはここでごく普通に暮らしていると思っていました。

いつごろからだったか世の中の雰囲気が少しずつ変わってきて、コソボのアルバニア系の人とセルビア系の人の間に溝ができてきました。

近所の人たちとの付き合いは変わらないし買い物などで嫌な思いをすることもありませんでした。でも、なんと言うか、世間の空気がだんだん反セルビアに染まっていきました。あいつらを追い出して自分たちだけで独立しようという声が聞こえるようになりました。

アルバニア語の地元紙も読む習慣のある夫が、どこそこでセルビア兵がコソボ人を何人殺したなどという記事は載るけれど逆の例は書かれないと言いました。コソボは昔から立派な国でセルビア系がその不純分子だという論調が増えたそうです。

警察とは別に防衛隊というものが作られ、あちこちで乱暴を働くようになりました。セルビア系の人が暴行されたという話もいくつか聞きました。私たちは不安に思ったけれど、この地を離れることなど考えもしませんでした。幼い頃からの、先祖からの思い出がいっぱい詰まっている土地ですから。

夫は変電所に勤める技師でした。みんなの生活に役立つりっぱな仕事だと信じていました。

ある日、送電線に不具合が生じたという電話が変電所から入りました。修理しなければならない。そう言って夫は急いで出ていって、そのまま帰ってきませんでした。

後から聞いた話です——

夫とその同僚は二人で不具合の原因を見つけ、電気を切って塔に上って故障箇所の修理を始めました。その時、アルバニア人のコソボ解放軍が来て、「なにをやっているんだ」と下から大きな声で嘲り、「こうやってやる」と言って元の電源を入れたのです。夫は感電して気を失って塔から落ちて死にました。同僚の方は辛うじて助かりました。夫がその時、左手で裸の電線を握っていたので心臓に直接電気が流れたのだと同僚は話してくれました。

解放軍の連中は目の前で人が死ぬのを見てこそこそと帰っていったそうです。そんな結果になるとは思っていなかったのかもしれません。たぶん電気のことなど何も知らなかったのでしょう。

それからまだ半年は私は郷里の町で暮らしました。でも本当に生活がむずかしくなって、セルビア側に住む弟にも説得されて、こちら側に逃れてきました。それからはずっとKさんたちがやっている支援組織に助けられてここで暮らしています。手芸が少しできるのでお土産品やプレゼント用の小さなものなどを作っています。

さっきの料理も私も含めてみんなで作りました。

おいしかったですか？　それはうれしい。

私の話を聞いてくれてありがとうございました。

結果を言えばこの時の取材は番組にならなかった。

「セルビアとコソボの戦いではコソボを支援せよ」というのが欧米の大国の方針で、ＮＨＫの上層部もそれに同調する姿勢でいた。私の取材は国同士・民族同士の間でどちらに非があるかを明らかにするものではなかった。爆弾やミサイルが落とされる側、日々の暴力にさらされる側の証言を持ち帰っただけで、それは全体状況の中では不都合なものであるらしかった。

11 お婆さんと大きな樹

なぜ、お婆さんを泊めることにしたかというと、娘のニーナの言葉がきっかけだったの。あの日の朝、私はテレビに釘付けになっていた。クロアチアから村を追われた人々がバニャ・ルカの町にどんどん流れてきた。何が起きたのか、呆然とテレビのチャンネルを変え続ける私を見て、娘のニーナが怒ったの。「おかあさん、何をしているの。ただ、悲しんでいるだけじゃだめよ。何かをしなくちゃ。お鍋にいっぱいお豆を煮て、体育館に持っていくだけだって、何かしたことになるのよ」と。あのとき娘は十二歳だった。家にお婆さんを連れて帰り、扉を開いたとき、ニーナはどこか、ほっとした顔をした。お母さんがやっと何かを始めたわ、という顔だった……。

おばあさんの名前は、マーラ・ムルジェノヴィッチ。はじめて会ったあの日、マーラ・ムルジェノヴィッチと申します、と緊張して言ったのが忘れられないわ。お婆さんの村はクロアチア人の村、ウトリツァといった。

暑い日だった。昼下がりのバニャ・ルカの町。私は、自転車をひいて歩いていた。すると大きな樹の下のトラクターの前に、三人のお婆さんがいた。二人は大柄な人で、一人はとてもやせっぽちだった。やせっぽちのお婆さんは、左手に大きな袋を提げて、右の腕に毛糸で編んだ長いチョッキをかけるようにして立っていた。あとから分かるのだけど、その袋には、お婆さんが丹精込めて一針一針、土地に伝わる花模様を刺繍したテーブルクロスやクッションカバーが入っていた。ほかに何一つ持たずに、家を後にしたのね……。

一九九五年の八月五日のこと覚えているでしょう。「嵐の作戦」のこと。クロアチア軍は、クライナ地方（セルビア人居住地域）を激しく攻撃し、たくさんの人々が一度に故郷を失った。あのときは果てしない川のように、故郷を追われた人々の長い列が続いたわ。バニャ・ルカの町も、トラクターや車で逃げ惑う人々であふれた。私の小学校も体育館も避難所となったの。

お婆さんがなぜ迷子になったかというと、病気の夫が一足先にトラクターでお隣さんと村を出たからなの。娘は夫の家族と逃げた。お婆さんは戦場から長男が戻るのを待っていて、逃げ遅れたの。軍隊が村に入ってきて、家に残ったお婆さんを見つけ、直ちに逃げるように勧告した。お婆さんは危険な道をひとりで歩いてきた……。

大きなお婆さんたちは、親類を待っているらしかった。やせっぽちのお婆さんには行くあてがない。とても小さなお婆さんだった。それで話しかけたの。「お婆さん、今夜は私たちの家にいらっしゃい。あと三十分でまた来るから、ここで待っていてね」と言うと、私は従妹の家に自転車を走らせた。あのころは、大変な生活だった。どの家も暮らしに余裕が無くて、パンを買うお金にさえ苦労した。従妹と相談して、まず食費を用意したのよ。従妹の家を出ると、突然、激しい雨になった。

この嵐がきっとお婆さんをどこかに追いやってしまう、と心配しながらあの樹のところに戻ると、やっぱりお婆さんたちの姿はなかった。急いであたりを探すと、近くの集合住宅の入り口で、小さなお婆さんがひとりきり、雨宿りしていた。さあ、行きましょうと、家に連れて帰ったの。食卓をみんなで囲んだのだけど、お婆さんは遠慮してちっとも食べないの。小鳥が木の実をついばむように、ほんの少しだけしか食べなかった。お婆さん、みんなで分けるのだから、どんどんお食べなさいよと言ったのに、あんたは、子供に食べさせなくちゃいけないよって。

その晩、お婆さんをお風呂に入れてあげた。小さな身体だったけど、なんといったらいいかしら、とっても清潔な、きれいな人だったわねえ。きちんとしていた。

九日間、私たちと暮らしたの。お婆さんの娘さんが見つかるまでね。戦火を逃れて、娘さんの家族はボイボディナの村にいた。どうやって見つけたかというと、娘さんの家族が行ったらしい村に電話をかけてみたの。小さな村だから、誰かが消息を知っているはず。ちょうど電話に出た女の人も、戦場のボスニアに親戚がいて、事情がよくわかっていて、親身になって調べてくれて、

娘さんと連絡がとれたのよ。あなたのお母さんは私たちの家に居ますから安心してくださいと告げて、お婆さんが乗るバスの時刻を知らせたわ。

出発の前の晩は、我が家でお婆さんのためのファッションショーを開いたの。近所の女の人たちが、お婆さんのために洋服を持って集まったの。お婆さんは、私たちが持ち寄ったスーツやコート、スカートを順番に着ては、鏡の前に立った。私たちは、裾を上げたり、袖の丈を直したりしてね。それを新しい旅行鞄に詰めたわ。

従妹とお金を出し合い、その村まで行くバスの切符をお婆さんに買ってあげた。赤十字が出す難民のためのバスもあったけど。お婆さん、切符の心配はいらないから、人間らしくゆっくり長距離バスでいらっしゃいな、と私たちは言ったの。六時間もかかるバスの旅なのだもの。

いよいよ出発となると、お婆さんは私たちの居間に立って窓から外を眺めて、しみじみ言ったの。ご恩は死ぬまで忘れないよ、ここに私の庭があったら、あんたのために土地を耕して野菜を作ってあげるのにねえ、って。お婆さんは名残り惜しそうだったなあ。お婆さんは旅行鞄をもって、バスに乗って、娘さんの家に向かったわ……。

バニャ・ルカ市に住むゴガさんの話

文：山崎佳代子・絵：山崎光『戦争と子ども』（西田書店）より

12 ベルリンへ

ラヤンとタラールはスロベニアからオーストリアに入った。

まずはベルリンを目指すが、その先にはストックホルムも視野に入ってきたという。そこまで行けば、そして運がよければ、タラールは難民申請を出して定住ができる。語学の訓練を受けて職業が得られれば家族を呼び寄せられる。

オーストリアでは難民支援のボランティア活動が盛んで移動手段の提供も多い。インスブルックかザルツブルクあたりでドイツに入ることになるが、そこにはもう国境の検問所はない。車ですいすいか徒歩ですたすたか、よほど職務熱心な警察官に出会ったりしないかぎり、困難は少ないと思っている。ミュンヘン経由でベルリンは遠くない。

この報せを読んでいるうちに衝動が湧いた。

自分も取材の旅をしたい。ベルリンに行ってラヤンとタラールに会い、自分なりに彼の地の難民事情を見てみたい。ベルリンにはロッテという旧知の友人がいる。本職は何か準公務員だったと思うが、難民に関わることもやっていると聞いていた。たぶん取材の手助けをしてもらえるだろう。

しかし私は今はどことも契約がない。撮ってきたものは売り込みから始めなくてはならない。これがためらう材料の1。

そうなると取材費が問題になる。これがためらう材料の2。往復の旅費と向こうでの滞在費。その他の諸経費。

ためらう材料の3は私の体力。もう古稀を過ぎて昔のように元気ではないのだ。物陰で何時間も待機したりいざという時に走って逃げたりする力はもうない。もちろん助手はいない。

しかし、と私の中の私が言う、場所は大都会で時期は初夏、戦闘はおろかデモ現場の小競り合いもないだろう。同輩が行って機動隊に指の骨を折られた沖縄の高江ほどのリスクもない。それに今は機材だって軽くて小さいのだ。

行きたいという思いの方が勝った。

こんな気持ちになったのは久しぶりのこと。現役として取材の場への渇仰が抑えがたい。ビデオ・ジャーナリストの血が騒ぐ。

そんな言葉が湧いて、それに照れる自分もいる。

それでもここは行った方がいいだろう。行かなければそちらの後悔の方が大きいだろう。私はいよいよ老い込むだろう。

私は妙子に借金を申し込んだ。

事情を聞いて妙子は「元気で帰ってくるなら」という条件を付けて承知した。「怪我や病気をしない。取材に失敗して意気消沈しない……それなら貸してあげます。支払いは出世払いでいいわ」

「出世払い、先行きは暗いな」と私は笑った。

「わからないわ。元気で戻るだけで出世かもしれない。ここでうだうだ言っているあなたとは別人格になっているかもしれない。行ってらっしゃい、ブーメランみたいに」

「そして戻ってくるか」

「そう」

久しぶりの国際便でベルリンに着いた。

昔のテンペルホーフではなく、テーゲルという新しい空港だった。ボーディングブリッジを出たところが小さなラウンジでそこで預けた荷物を受け取れるという珍しいシステム。

それに感心したのはいいが、そこで旅程につまずきが生じた。

飛行機を降りてすぐに電源を入れたケータイにラヤンからのメッセージがあって、自分たちはストックホルムに向けてベルリンを出たと。つまりここでは彼らには会えないのだ。私が機上にいる間に二人は行ってしまった。

さて、どうするか?

いずれにしてもラヤンからの次の便りを待つしかない。

うまく辿り着ければいいがと気を揉みながら待機する。

その間にベルリンで取材をしよう。


こんなこともあるかと搭乗前に旧知のロッテにメールを入れておいた。

着いてみると返事が来ていた——

「明日はメイデイで休日だし、その次の日も空いている。できる範囲であなたの取材の手伝いをしてあげる。わたし自身も難民支援をしているし」

宿泊先の小さなホテルのラウンジで会った。

まず目的の一つであるラヤンというビデオ・ジャーナリストに会うことはベルリンではできなくなったと伝える。彼らはスウェーデンに向けて旅立ったらしい。またの連絡があるまで私はここで取材をしたい。

「では町へ出ましょう。何人かあなたに会ってもいいという人を見つけておいたから。みんな難民、あるいは難民であることから抜けだそうとしている人たち。そのうちの二人とこの先の公園で会うことになっている」

二人の名はイブラヒムとムハンマド。シリアから逃れてきたという。芝生の上に置かれた木造のピクニック・テーブルを前に、私はビールを、彼らはコークを手にして、話を聞いた。

ドイツに来たのは一年ほど前。二人は従兄弟同士だが、脱出の経路は別々で、ムハンマドはレバノンからトルコに出て、ギリシャ、セルビアなどを経由してドイツに着いた(ラヤンの経路とほぼ同じだ)。イブラヒムは少し早くサウディ・アラビアに出て、そこの病院で働いていた。ビザが切れたのでなんとかトルコに渡り、それからドイツに来てムハンマドに再会した。

苦難の多い旅路には、業者が介在する。自分の時は全行程で一人二千五百ユーロが相場だったとムハンマドは言う。移動はバスや船だが、地雷の埋まった国境地帯を徒歩で越えたこともある。資金は伯父が家を抵当に入れて調達してくれた。ヨーロッパに行き着いて稼げるようになったら分割で返すという約束。行く先々で違う業者に払う全額を身につけていると危ないので、着いた先へ送金して貰う(これはラヤンの話にもあった)。

各国の政府の対応はさまざまでひどい国もあった。

ヨーロッパに来ると無償で手を貸してくれる人たちがいた。

二人とも英語はなかなかできる。この先は勉強して安定した滞在資格を取得し、この国で暮らせるようになりたいと言う。実際、それに成功して落ち着いて暮らしているクルド系シリア人もロッテの知人にいるという。

なぜ国を出たのかと聞いた。

彼らの場合は単純明快だった。

徴兵されて兵士になり昨日までの友人を撃つか、あるいは反政府派と見なされて兵士に拷問されて殺されるか、未来にこの二つしか選択肢がない。それが明白だから伯父は無理をしても脱出の費用を用意してくれた。

国というものはまずもってそこに住む人々それぞれの生活を保障する枠組みであると私は思った。それが壊れてしまって、政府が国民を大量に虐殺し、都市を破壊して廃墟にする。アサド政権のもとでシリアはもう国の体裁を成していないが、それでも国際政治の力学はこの国家体制をつぶさない。

ジャスミン革命は中近東の多くの国に波及し、たくさんの独裁者が倒れた。しかしその後に安定した政治体制が作られた国はほとんどない。では、どこまでも腐敗する独裁政権と各派が乱れて戦う内戦状態と、どちらがましなのか。英語に、better ではなく less bad と言う語法はないか。

しかもこのシリア的状況はＩＳことイスラム国などを通じて世界中へ浸透している。乱世なのだ。

13 ノイエ・ハイマート

たまたま着いた日の翌日が五月の一日だった。

ロッテと町へ出ると地下鉄の車内に既にもう祝祭感がみなぎっていた。派手な姿の人々。その色合いの彩度が他の都市に比べて一段と高い。北欧の人たちは冬になるとこれでもかと言わんばかりに原色を身に纏う。白一色の雪の風景に対抗したいという意図がありありと見える。ここは北欧ではないけれど帰ってきた陽光をブルゾンやセーターやTシャツがその色で歓待しているようだった。あるいは薄い生地の半袖のワンピース。実際、その日、陽光は地に満ち溢れていた。

夏の最初の日を祝う。

主要な道路は車を入れず、広い道いっぱいに人があふれ、ゆっくり歩いたり、ただ立ち止まっていたり、誰かと話していたりする。一人で歩く者もこの場に身を浸すだけで満足しているように見えた。会話もまた言葉が滑らかに行き来している。はじめから空気に同調と共感への促しが含まれていた。今日ここでそれに逆らうのは不粋なことに思われる。

この殷賑《いんしん》の都会に政治性がないわけではない。それは無理な話。今の時代にそれはむしろ反時代的な強ばった姿勢と取られるだろう（私の国はその意味で異常という典型の一つであるが、これから数日はそれを忘れていられる）。政治という要素は順調に営まれるすべての社会に浸透している。

歩道に「我々が望むのは平和だ」という横断幕を掲げたブースがあった。それがドイツ語と英語、それに私が知らない二つの言葉で書いてある。むしろ「平和が欲しい」と訳した方がいいだろうか。ドイツ語はここを散策する大半の人に向けたもの。英語は広い国際社会に向けたもので、私はこのカテゴリーの受け手に含まれる。

この広い街路になんとなく集まってきた人たちはこの横断幕を見てうなずき、メッセージを受け取り、そうもあろうという顔で歩を進める。普通ならば「平和が欲しい」に反論はできない。

「ドイツ語と英語はわかるし、三つ目は大文字のＩにも点があるからトルコ語だよね」と私はロッテに言った。「じゃあ、四段目は？」

「知らない言葉」

そこでひらめいて、「ひょっとしてクルド語？」と聞いた。

「確かめてくる」と言って、ロッテはブースに近づいて、何か問い、戻ってきた。

「やっぱりクルド語だって」

このアピールが最も鮮明な対象とするのはトルコ語を話す人々であって、それはこれを発しているのがクルド人だからだ。

「そうだった。署名とか献金とかする？」

「まあ、やめておこう」

クルド人が国家を求めていることは知っている。一定の人口と勢力があるのにトルコとイラクに分断されて住み、イラクでは自治に近い体制をなんとか確立したが、トルコではまだ弾圧が続いている。彼らと話す時にユルマズ・ギュネイ監督の「路」という映画を見たというと喜ばれる。誰もが知っている偉大な作品。実際、大変な傑作だし、彼らの置かれた位置をまちがいなく伝えていて、しかもプロパガンダではない。もっとずっと深い。妻を殺さなければならない夫はとても悲しい。

ギュネイは私より八歳上だったが、しかし四十七歳で死んだ。会ったことはないし、そもそもこの「路」の制作がもう三十何年か前の話だ。私は七十歳を過ぎ、彼は四十七歳のまま。私は劇映画を作ったことがない。

クルド人のことと並行してこの町に住むトルコ系の人々のことがある。どちらも異国の民だ。トルコにおけるクルド人、ドイツにおけるトルコ人。

ここのトルコ人への親近感と、トルコという国の政策への反発は私の中で矛盾しない。取りあえずこの町のトルコ料理店はだいたいおいしいし、昨日の昼前に寄ったコットブッサー・トーア駅の前の「イスタンブル・スーパーマーケット」の食材には購買欲をそそるものが多かった。それに特化したスーパーがあるほどトルコ人が多い地域なのだ。

（そのコットブッサー・トーア駅は今日は祭りのために閉鎖。賑わいの中心に近いから混雑を避けて周辺の駅に乗降客を散らすという方針らしい。私は一つ手前で降りて群衆の中を歩き、マリアンネンプラッツの雑踏の中でなんとかロッテに会うことができた。）

今日はメイデイだ。労働者の祭典である「メーデー」の背景を成すとても古い祝祭。キリスト教以前から続いているのではないだろうか、と私はこの喧噪の中で考える。初夏のあふれる陽光をことほぐ日。イギリスならば、広場に立てたメイポールに長い長いリボンを巻き付けながら乙女たちがぐるぐると巡る日。

群衆の中、私は簡便なスタビライザーに小さなビデオカメラを装着して、焦点距離を中くらいにセットし、自分の体格が決める視点よりも少し高い位置にカメラを保って歩いた。一応は外付けのモニターが手元にあるが、見ることもない。このいかにも作られた風の賑《にぎわい》や和気藹々の雰囲気をまこと大雑把にいいかげんに動画に映しながら、仮装した者たちや、若いはしゃぎ者たちを映像の投網に捕らえてゆく。緊迫感とは無縁のぬるい流し撮り。編集次第では使えるかもしれない。

ところどころに小さな舞台があってバンドが演奏していたが、たいていはこれみよがしのハードロック、この町の音楽趣味はずいぶん古いと思った。群がる連中のパンクめいた姿も古い。

「何か食べない？」とロッテが言った。

「食べて飲む。そうしよう」

歩道の屋台の一つでパンに挟んだヴルスト（細長いパンの端からずいぶん気前よくはみ出している）と、ビール（プラスティックのぷよぷよのたよりないカップ）を買った。ヴルストをパンに挟んだ食べ物は大西洋の向こうならばホットドッグと呼ばれるが、発祥の地であるここでは熱い犬とは呼ばない（パンからはみ出したソーセージが暑くてあえいでいる犬の舌、というのが語源だ）。場の勢いでどちらもうまかった。日射しが額に熱い。

「変じゃない、メイデイって？」

「何？」

「救難のメッセージと同じ。フランス語の m'aider（メデ）と重ねて、『私を助けて』の意味になる。今の時代のSOS。船が沈む時とか」

「なるほど。知らなかった」

そう言いながら私は沈みそうな船に乗ったたくさんの難民という場面を連想することを抑えられなかった。

地中海だ。そして、心のどこかで、その場面を撮りたいと思っている自分を少し恥じた。それ

を撮るお前はこの構図のいったいどこに居るのだ？　そもそもそれは場面とか構図と呼んでいい

ものなのか？　どうなのだ？

歩いてゆくうちに少し喧噪を離れて静かな街路に出た。

左右には六階建てくらいの無愛想なビルが並んでいる。

「昔の労働者住宅だけれど、老朽化して誰も住まなくなった。市が禁止したの。でもその後でまた役に立ったのよ」と建物を指してロッテが言った。

「なんで？」

「家のない人たちが強引に住み着いた」

「ああ、スクワッターか」

「そう。だいたいはトルコ系の本当に貧しい人たちだった。市は追い出そうとしたけれど、支援する人たちもいて、弁護士も立ち上がって、黙認ということになった。最低限の水道水は供給されて、そのうちに電気も通るようになった。料金は支援者たちが払っている。それが今はシリアからの難民の住処になっているらしい」

「静かだな」と私はカメラをそちらに向けてパンしながら言った。

「彼らは静かな人々よ」

「きみも支援者だって言ったね」

「少しだけ」とロッテは言った。「たいしたことはしてない」

また賑やかな道に戻った。

前の方から音楽が聞こえてきた。

何十年も聞いていなかった懐かしいメロディーで、まるでそれに糸が結ばれた言葉がずるずると引き出されるように、日本語の歌詞が脳裡によみがえった。これだから歌は厄介なのだ。思い出したらスイッチが切れない。

ああ、「ワルシャワ労働歌」。軍歌まがいの低俗な左翼の歌の中にいきなり登場したあの美しい節――

暴虐の雲　光をおおい
敵の嵐は　荒れくるう
ひるまず進め　我らが友よ
敵の鉄鎖をうち砕け

自由の火柱輝かしく
頭上高く燃え立ちぬ
今や最後の闘いに
勝利の旗はひらめかん

起て　はらからよ　ゆけ闘いに
聖なる血にまみれよ
砦の上に我らが世界
築き固めよ勇ましく

人間、そんなに勇敢に戦えるものではないよ、と老いた私は思いながら（つまり私は風に乗って流れてくるメロディーに日本語の歌詞を重ねて六〇年代の自分に戻っていたのだが）、しかしシリアの反政府側の人々は今こそこの思いで戦っているのではないかとも思った。戦前の鹿地亘《かじわたる》訳詞のこの言葉の列はたった今の世界に繋がっているのではないか。あまりの死者の数にシリアを逃れる者が多くいるとしても（例えばラヤンのように）誰もきみを非難することはない。きみは充分に戦った。

道を歩く私が持ったカメラは録音もしている。歌の音声は後でも補える。今ここでこれを聞いたことにこそ意味がある。できることならば彼らの側に身を置きたい、孤立無援で戦うきみの側に。

私たちは橋を渡った。

オーバーバウムブリュッケ（木の上の橋？）、とても立派な橋だ。橋の途中で若いバンドが騒々しく演奏していた。もっぱらTシャツにスニーカー、せいぜいゆるいワンピースなどの服装に似合わず、打楽器主体の音色はここでもずいぶん古風だった。

ロッテは橋に続く大通りをずんずん歩いて、少し先を右に曲がった。数メートルの段差を下る。角に小さなカフェがあったがそれは無視。

広い道というか広場に近いところに倉庫めいた建物が並んでいる。その壁を飾るグラフィッティのいろいろ。右側の建物の背後には川があるはずだがここからは見えない。人の数は少ない。

しばらく行くと大きな建物が両側から迫って道が狭くなったその入口に横断幕が掲げられていた。ロープのネットで作られていて、そこに文字が貼り付けてある——

NEUE HEIMAT

風にわずかに揺れるその言葉。

それくらいのドイツ語は私でもわかった。

「新しい故郷」だ。

そんなものかと思っただけで先を行くロッテについて歩いた。

次の角を川の方に曲がると小さな広場があって、低い建物が囲んでいて、人がたくさんいた。

そこがノイエ・ハイマートらしい。

何か歴史的な意味がありそうな円筒形の石の塔があり、その壁にはフリー・クライミング用の手がかり足がかりが埋め込んであって、数名の男女が登っていた。腰に着けたハーネスに上からの安全索が結ばれている。

青空カフェのテーブルに腰を下ろした。

ここでもカメラを回した。

幼い子供が何人も周囲を駆け回っている。

ロッテがビールを買ってきた。

「さっきのあれ、見たでしょ？」

「ん？」

「ノイエ・ハイマートっていう横断幕」

「見た」

「この町のボランティアの人たちがここを難民定住のセンターとして使おうと市に交渉して、あるところまでは話が進んだの。でも、なんだかうまくいかなかった」

「きみも関わったの？」

「あんまり力になれなかった」

「思うんだが、ノイエ・ハイマートって、それ自体が矛盾ではないのかな。新しい故郷って」

「もちろんそうよ。それはわかっている。故郷というのは先祖代々で古いはずのもの。長い歴史があるはずのもの。それが新しいというのはおかしいわ。でもね、それを承知で新しい故郷を作らなければならない場合もある。そういう事態が迫ってくることがある。そういう人たちに手を貸すという義務も生じる」

「ロッテ、きみは魔女だよ」

「どういう意味？」

「きみのような、きみたちのような、自立して自分の思想を持った女は昔から魔女と呼ばれた」

「あはは、火炙りね」

「その際は私が消防車で駆けつける」

「ありがとう。ノイエ・ハイマートは仰るとおり矛盾です。でもね、そこをなんとか越えなければいけないの。誰にとっても生きるとはそういうこと」

「わかる」

そう言ったけれど、実は私は彼女のことをほとんど知らない。今、道案内をしてくれる人というだけ。いずれこれが仕事としてまとまった時には（そうなったとして）、エンド・ロールの一人になるはずの人というだけ。

この大陸では建物というものはよほどのことがないかぎり壊さないのではないだろうか。ロッテが言うように空いた建物にスクワッターが入れたということは、そこは使ってないままに放置されていたということだ。もちろんこの都会の街区の多くは先の大戦の爆撃で消尽したのだから、今こうして見るのはみな戦後になって再建されたものだけれど、それでも不便を承知で使い続けられている。大工の仕事の多くは新築ではなく改築か改装、町で見る看板もそちらへと客を誘っている。不細工に壁の外に配管や配線を巡らしても、なんとか使うのが、石の建築の伝統なのだろう。

戦争の最後の段階でヒトラーは「パリは燃えているか?」と問うたが、しかし彼の殿軍にはパリを燃やす勇気はなかった。

今の都会にはスクワッターが住む余地は充分にある。

そこが新しい故郷にもなる。

14 カフェ・エンゲルベッケンでハムザ・フェラダーが語ったこと

僕（ハムザ・フェラダー）は考える――

一つの国の中に複数の民族がいる。

珍しいことではない。民族という概念と国家という概念は鍋と野菜のように違うカテゴリーに属するから、それは鍋の中に複数の野菜があるようなものだ。

いや、こういう時は鍋ではなくサラダ・ボウルの比喩が使われる。かつては人種の坩堝《るつぼ》と呼んだ。坩堝の中で異なる金属は高温で溶融し、均一に混じり合って一つの合金を成す。だが民族の間でそういうことは起こらない。いつになっても均一にはならない。ばらばらのまま。だからサラダ・ボウル。唐辛子も入っている。

しかし、本当に民族と国家は違うカテゴリーに属するのだろうか。一つの民族がおのれのありように枠を与えたいと思った時、その理想は自分たちだけの国家なのではないか。民族自決とは自分たちだけの国を作ること。それが理想だとしても実現はむずかしい。民族の数は多く、モザイクはいくらでも細分される。それならば多民族の融和を標榜してなんとか平等を実現するべく努力する方がいい。

民族という概念の排他性の問題。

辛いのは多数の民族Aから成る国に少数の民族Kが共存する場合のそのKの立場だ。

例えば僕のような。

僕が生まれた国では僕が属する民族は八パーセントしかいなかった。

だからどうやっても社会のある一線から先へ出られない。

誰にでもできて誰もやりたくないような仕事しか貰えない。その敷居を越えることは最初から封じられている。二級の国民であることを僕たちは幼い時に教え込まれた。うかつに頭角を現すと上から叩かれる。僕はそれを小学校で学んだ。

学校は民族別ではなかった。同じ学校に通い、同じクラスにまとめられた上で差別があることを教え込む。それが教育の目的なのだ。成績がよければ妬まれて脚を引っ張られる。悪ければバカにされる。学用品を盗まれ、便所に閉じ込められる。何よりも、理由もなく殴られる。スポーツができれば他校との試合の時だけ出番を与えられるがそれ以外は無視のまま。

僕は走るのが好きだった。対戦型のものと違って一人で練習できるし結果が数字で出る。放課後はよく街路を走った。何かから逃げているようで、逃げ切れるような気がして、いい気持ちだった。最も得意なのは千五百メートルで、一度はハイスクール対抗の大会で二位になった。

「おまえ、いい兵士になれるぞ」と教師が言った。

途端に僕は意欲をなくした。

軍に入れば学校以上の差別が待っている。暴力も今ここで甘受しているようなものではないだろう。いちばん危険な地域に送り込まれ、いちばん危険な任務を負わされ、事態によっては自国民を殺せと命じられ、それは民族Kであるかもしれない。昇進などはじめからあり得ない。いつになっても最下等の一兵卒という人生。

そこで気がついたのだ、軍に入ろうが入るまいが、自分の将来は同じなのだと。いずれにしてもこの社会では最下等の一兵卒なのだ。出口はすべて入念に閉じられている。走るべき局面でだけ重用されて、それで頭打ち。

高校を卒業できたのは運がよかった。しかしその先に大学という道はない。不当な評価に対する憤怒を抑えて最底辺で生きてゆくしかない。最底辺、今こうして住んでいるこの国の言葉で言えばガンツ・ウンテン。

僕が育った町は国境にあった。

僕の家はその町でも端の方で、四階建てのアパートの前は街路を隔てて広い空き地になっており、その先は鉄条網、そして幅百メートルほどの無人地帯、その向こうにまた鉄条網。ところどころに監視塔が立っている。気まぐれに軍の車がゆるゆるとパトロールする。

二重の鉄条網の先に別の国がある。

別の国には別の社会がある。僕はそれに憧れた。ここことは違う人たちが違うやりかたで生きている。ここよりもずっといい生活かもしれない。

中学生の頃、叔父の一人が僕に古い双眼鏡をくれた。光軸が狂っているので両眼視しようとすると頭が痛くなるのだが、片眼ずつならば望遠鏡として使える。

僕はアパートのベランダから国境の向こうを見た。家やアパートが並ぶさまはこちらと変わらなかった。建築の素材が同じなのだから同じような建物になる。

歩く人や行き交う車も見えた。着ているものもさほど変わらない。食べているのもたぶん似たようなものだし、遊んだり喧嘩したり、同じような暮らしなのだろう。

そして差別もあることを僕は学んだ、あそこの国はもっぱら民族Tから成っていて、そこに少しだけ民族Kが混じっていると。そして、民族Kが差別されているのはこちら側と同じ。似たような状態なのだ。ではあちらに行ってもしかたがないか。鉄条網を越えて向こうへ走るのは無意味であるか。

僕は向こう側の景色の中に学校を見つけた。

校庭を走り回る子供たちが見えた。みんな小さいから小学校だったのだろう。わーわー騒ぐ声が聞こえるようだったが、双眼鏡では声は聞こえない。

僕は国を出ることを考えた。

最初は夢想だったが、そのうち真剣になった。自殺を考える人がいろいろな手段を探すうちにいちばん自分に合ったのを見つけて、それを見つけたために実行せざるを得なくなって死んでしまうように、僕も手段を探すうちにその方法を見つけた。むしろその手段があちらから飛び込んできた。そうなると、たとえ一定の危険を伴うにしても、実行しないのは自分に対して不誠実ということになる。

僕は図書館に行って世界の国々について調べた。世界にはたくさんの国があって、それぞれに違っている。民族Kだけの国はなかったが、民族Kを差別しない国はあるらしい。

僕はその三年前から首都に移って空港で働いていた。乗客が預けた手荷物を収めたコンテナーを飛行機まで運ぶ仕事で、コンテナーはカートに積まれ、トラクターで牽かれて飛行機の横まで行く。カートはいくつも繋がっているが蛇行してもみな前の車とまったく同じところを通る（そういう風に作ってあることに僕は感心した）。次にリフトで上げて機内に入れる。重いものだがリフトの床面はベアリングになっていて押すだけで動く。機内での移動も同じ仕掛け。所定の位置に着いたら床の金具で固定する。ぜんぶのコンテナーを収容したら貨物庫のドアを閉じ、小さな窓の中に見えるピンの位置でロックを確認する。こういうことをすべてきちんとしないと飛行機は墜落すると教えられた。実際に落ちたことがあったらしい。コンテナーの収納が終わると僕たちはトラクターに乗ってターミナルに戻り、次の便の作業にかかる。仕事はいつも三人で組になって行ったが、時には二人ということもあった。

ずっとこの職場に身を置いているうちに僕はひょっとしたら可能かという方法を見つけた。もしも同僚の一人が手を貸してくれたら、できるかもしれない。そこまで信頼できる同僚に出会うまでに二年かかった。彼は僕と同じ民族ではなかったがなんとなく気が合った。あまり差別意識がなく、僕を親しい友として見てくれた。それでも計画を打ち明けるのは大きな賭けだった。彼が上司に告げたらそこで僕は馘首《かくしゅ》され、悪くすれば投獄される。しかしこのリスクを引き受けないと国を出ることはできない。自分に対する責任、自分に対する投機。

僕は彼に自分の案を伝え、彼は驚いて、断念を訴えたが僕は怯まなかった。やがて彼は納得した。最終的には彼自身には何の不利益も残らない。地上作業員がこの都会から一人消えたというだけで誰かが手を貸したとはわからない。

機会が訪れるまで半年待った。彼と僕の二人だけのシフトで、その日の最後の仕事で、飛行機の行く先が僕が目標として選んだ国という機会。密入国しても自動的に強制送還にならないはずの国への便だった。

僕たちは最後のコンテナーを機内に収め、僕は貨物庫の奥に身を潜めた。実際には坐り込んだだけだが。同僚は外からドアを閉じ、ロックを確認し、トラクターを運転してターミナルに戻った。その日の作業は終了ということで自分のと一緒に僕の分もタイム・カードをこっそり機械に通して退社の記録を作り、ロッカー室で着替え、僕のロッカーの中の私物も持って帰宅した。ロッカーの鍵はあらかじめ預けてあった。これで僕は普通に勤務を終えて家に帰ったことになった。次の日は無断欠勤。そのまま行方不明。民族Kだからさしたる捜査もないだろう。

僕はコンテナーと機体の隙間に坐った。飛行機は離陸する。シートベルトはないし食事のサービスもないけれど、そして上の客室よりずっと寒いけれど、生命の危険はない。貨物庫は客室と同じように与圧されているし、零度以下にはならないようになっている。そういうことは調べてあった。五時間のフライト。

かつて似たような方法で亡命を試みた男がいた。彼は飛行機のことをよく知らなかった。離陸の準備が整ったところで外からこっそり飛行機に駆け寄り、車輪を足がかりに機内に入った。しかし車輪（降着装置《ランディング・ギヤ》と呼ぶのだが）を収める空間は与圧の外にある。外気と同じ気圧で同じ気温。つまり高度一万メートルで零下五十度だ。彼は目的地に死体で到着した。

この国は僕を受け入れてくれた。

あれが僕の人生の第一の変曲点だった。低い位置で水平だったカーブはぐっと上向きになった。僕は仮の入国を認められ、語学研修の機会を与えられ、その間は日当まで出た。語学は大事だ。それが身につかないとそのことがまた新たな差別の構造を生む。かつてこの国において民族Tに対して犯した失敗を繰り返すまいと彼らは努力していた。民族Tはもっぱら肉体労働者としてこの国に移入し、社会に融け込まないまま孤立した小社会を作り、不安定要因となった。今は彼らもずいぶんこの国に融和している。彼らのためのスーパーマーケットがあるほどたくさんが定住している。

ある時、語学の教師が僕に言った、「なぜもっと上を目指さないの？　あなたは能力がある。試験を受けて大学に進みなさい」と。

短い講座の担任だったし、中年の女性というだけで僕はその人の名も覚えていない。でもその一言が僕をもう一歩だけ先へ押し出してくれた。僕は奨学金を得て進学し、今のこの職を得た。元の国で僕を送り出してくれた空港の友人は、男の人生には魔女が手を貸す時が一度だけあると言っていた。色っぽい話ではない。ものの分かった力ある女が有効な助言をくれる。上を目指せという教師の言葉が第二の変曲点になった。こんな数学用語が使えるのもそこで一念発起した成果だと思う。

生まれた国を僕が出られたのは運がよかったからだ。

何よりも時代がよかった。一九九六年には世界は今よりずっと緩やかだったし、まだ秩序があった。この国にも僕のような者を受け入れる余裕があった。僕が生まれた国は民族Kが一人減って喜んだだろうし、この国は能力のある市民が一人増えて喜んだ。

収入は故郷の家族に定期的に送金するに充分だった。彼らを捨てたという罪悪感から逃れることができた。

僕は写真という趣味を得て、自然を撮りにしばしば森に出かけた。コウノトリを撮ってアマチュアのコンテストで入賞したこともあった。もう走る方はしなくなった。何からも逃げる必要がなかったから。

去年、僕は旅行をした。

自分の国には帰れない。帰ったら二度と出られない。父は亡くなって、母と妹があの国境の町に今も住んでいる。妹はずっと独身で、僕が出た高校の教師をしている。その合間に詩を書いている。

そこには帰れないから僕は国境を隔てた隣の町に行った。郷里に最も近いところだ。

鉄条網と無人地帯と鉄条網。この形は変わっていなかったが僕は反対側にいた。町の端の国境に面したホテルに泊まり、昼間、あの学校に行ってみた。昔と同じように子供たちが校庭を駆け回っていたが、この時は彼らのわーわー騒ぐ声を自分の耳で聞くことができた。双眼鏡は必要なかった。

その晩、ホテルのバルコニーに立って僕は妹を携帯電話で呼び出した。

どこにいるかを伝え、ベランダに出てくれと言った。

僕たち兄妹は向かい合っている。

間には鉄条網と無人地帯と鉄条網がある。昔と同じように遠くには監視塔が見えるし、待っていれば軍のパトロールも通るだろう。

僕は自分がここにいることを携帯電話よりもっと直接的な方法で伝えたいと思った。

「見ていて。お前から見て小学校よりちょっと左のあたりだ」

そう言って僕は自分の家があるあたりにカメラを向けてシャッターボタンを押した。ストロボが発光する。

「見えたわ、ピカッと」と妹が携帯電話で言った。

「もう一度」

僕は何度となく光を発した。何かを撮るためではなく、僕はここに居る、ここに居る、ここに居る、と妹に伝えるために。

こういう話を私はベルリンのカフェ・エンゲルベッケンでハムザ・フェラダーから聞いた。

私たち、私と私のビデオカメラ。いつも一緒。

うららかな五月の日で、池の水は穏やか、二羽の白鳥がせいいっぱい白鳥らしく優雅に水面を滑っていた。

15 ブーメランの軌跡

ラヤンから連絡があった。

長距離バスでストックホルムに着いたと言う。

とりあえずは二人とも身を置く場所を確保できた。

これからタラールは難民申請の手続きに入るが、たぶん受け入れられるだろうと。

私はこのままストックホルムに行くことにして飛行機の手配をした。ラヤンたちはたぶんセキュリティーの薄い交通手段として地味なバスを選んだのだろうが私にはその配慮は不要だ。

空港に行く前に最後の取材としてユーセフ・エル・シェリフという青年に話を聞いた――

難民をこの国の社会に受け入れるために教育コースがあります。

ぼくはこれに参加して幸い合格しました。

最初の六か月は語学です。ドイツ語を学びました。

その後の二週間は政治や行政の制度について。連邦の仕組み、政党、政府と首相、十六の州の自治と連邦ぜんたいの政策の決めかた。その他に歴史の授業もありました。

三十五点満点で二十三点以上取ると市民権の申請ができます。コースを取らないでいきなりテストを受ける方法もありました。

仲間と勉強して、互いに教え合って、受かって喜び合いました。

ドイツは難民が自分たちだけで固まって閉鎖社会を作ることを警戒しています。トルコから呼び入れたトルコ人の場合はそういうことになりました。フランスに行ったチュニジアやモロッコの人たちも同じ。一定の地域に集まって住んでそこをスラムにしてしまう。それ以前に一般社会が彼らを差別する。就職しようと思っても家の住所だけで門前払いされる。若い失業者が増え、治安が悪くなり、時には暴動が起こる。

そうならないように難民をドイツ社会の一員として受け入れる制度が作られました。でも一世代で成果が上がるかどうかは疑問だという人もいます。

反対意見もいろいろあるようです。

税金がもったいないとか、追い返せばいいのだとか、反イスラムの空気とか、ナショナリズムとか。地域的に右よりの党が票を集めている場所もあるという話も聞きました。

その一方で積極的に行動する市民もたくさんいます。

この国では政府が主導しなくても市民たちが勝手に動いて組織を作るらしいのです。

実際、自分たちはずいぶん助けてもらいました。学校、語学、住むところ、医療、なんでも相談に乗ってくれるインターネットのサイトがあります。

共働きの夫婦が、未成年の子を引き取って面倒を見る。それが養子縁組になることもある。

住むところがないので二週間だけ短期でアパートを貸してほしいという願いが実現したこともありました。ぼくの弟夫婦の相談ごとに応じてくれているのは七十五歳の一人暮らしの女の人です。

こんなのがこの国でのぼくらの生きかたです。

ここにいれば同胞を撃たなくても済む。銃を持つと人間は理性を失いますから。


彼の話を聞き終わってホテルに向かった。後は荷を取って空港に行くだけ。

地下鉄の階段を降りたところで子供たちに囲まれた。

みんな手にクリップボードとボールペンを持って、それを私たちに突き付ける。何か署名をせがんでいるらしい。顔立ちから見てみんな移民の子。

ロッテが私に向かって「スリかもしれないから気をつけて」と怒鳴った。

責任感の強そうなおでこの広い女の子が、執拗に私の左袖を引っ張った。右袖を掴む縮れ髪の少年はへらへらと笑っている。遠くで声だけあげる眉の濃い少女、後ろから煽り立てる少年。サインだけサインだけサインだけサインだけサインだけサインだけサインだけサインだけサインだけサインだけ。

何度追い払っても寄ってくる。生業にしてはどこか擦れていない、打算のない懸命さ。同じ目にあっているカップルが英語とポルトガル語で叱り飛ばすと、右手の少年はむしろ嬉しそうにそしてからかうように英語で応じている。ロッテはドイツ語で強く言う、ノーと人が言ったら諦めなさい、断っている人にいつまでも執拗にしてはいけないの。

私は彼らから五歩ほど離れてその場の騒ぎをビデオに撮ろうとした。

誰が指示したのか子供たちはさっと散っていった。

プラットホームに出たところでロッテが説明してくれる――

あの子たちも必死なのよ、元締めがいて、あの署名にもノルマがある。障害者のためとか大義があるから名前だけならとつい書いてしまう。署名してる間に財布を取られる。

あのいちばん真面目に職務を果たしていた女の子、頻繁に傍の中年女性に指示を仰ぎに行っていたでしょう。女性も、「本当は私だってこんなことしたくない」という顔をしていた。毎日の働きぶりを見て、いけると思った子を配置換えしていく。そうして子供は離脱できなくなる。

あなたがビデオカメラを向けたから、何か証拠として使われるかもしれないと思ってあの中年の人がみんなに解散を命じたのね。

私たちは幸い財布もクレジットカードも盗られなかったわね。ポケットの小額紙幣も残っている。携帯電話も大丈夫。

もしもの時も保険は利くし、携帯電話ならデータのバックアップもある。被害届は対面ではなくネットで出せる。警察も他の事件で忙しいからこのあたりは手を抜いているのね。その分だけこの社会は高い保険料を払っているわけだけれど。

ラヤンは小さなホテルにいて、タラールはボランティアの家庭に泊めてもらっていた。

ストックホルム市庁舎で二人に会った。

ラヤンとは七年ぶりだ。

握手では足りないと二人とも思って抱き合って互いの背を叩いた。ラヤンの叩きかたはけっこう乱暴で、それが気持ちよかった。二人とも無事に生きてきて二人ともここに来てこうして会うことができた。

タラールの握手もずいぶん力が入っていて手が痛かった。ここで会ったという事実を筋力で確定するという感じ。

彼はやはり大柄で、旅仲間の親子のトランクを代わりに持ってやっても平気そうながっしりした体格で、ひげ面は無愛想だがたまににっと笑うと愛嬌があった。

「きみらの旅をずっと追っていたから、なんだか自分も旅をしているみたいで、やっぱり会いたくなった」

「移動していると日々は流れる。ビデオは撮れる日もあったがそれが無理な日もあって、せめて文章で書いておこうと思った」とラヤンが言った。「あなたも含めて何人かに送る。記録として残る。でも書くのは恐いとも思ったよ。書けば書いたことが事実になってしまう。流れているものを固めてしまう。書かなかったことは消える」

旅の日々を思い出して喋る。

場を近くの小さなレストランに移してずっと話し続けた。

ラヤンとタラールの旅の細部を一つ一つ思い出して話すのだからいくら時間があっても足りない。タラールの英語はちょっと不自由だがその分はラヤンが補ったし、もともとタラールは無口な男のようだ。自分たちのしたことがラヤンの口から英語で話されるのを一々納得しながら聞いている風だった。

「この先はどうなる？」と私は聞いた。

「まず間違いなく難民として受け入れられるだろうとボランティアの人たちは言っている。その先は語学の訓練と職業訓練。英語が少しは使えるからそれが足がかりになるだろう」

「おれの英語がね、へへへ」と言ってタラールは恥ずかしそうに笑った。ここまで来たという安心感があった。

「国ごとに応対がずいぶん違った。だいたいどこでも人間扱いされない。入れてもらえてもなるべく早く次の国へ送り出す。しかし次の国が受け入れるとは限らない。国境で延々と待ったり、別のルートを探したり。ともかくいつも待っているか動いているかだった」

「運だと思うよ。インシャラー、アッラーの御心に委ねるしかない」

「と言いながらこいつは自分の運命をたぐり寄せる強い意志を持っている。アッラーを説得し論破しかねない」

そう言われた当のタラールはにやにや笑っている。

「ぼくはずっと一緒にいたけれどどんな局面でも手を貸すことはしなかった。中立のジャーナリストだからね。これからもたぶんヨーロッパでこんな仕事を続けていくよ」

「きみの仕事、きっとあっちこっちのメディアが買うよ。内容が濃いから。そう言えば、あの女の人はどうなった？　ギリシャまで一緒だった？」

「ああ、ミリアムか」とラヤンは少し戸惑って言った。「その後は連絡はない。ベルリンに着いたかどうかわからない。夫と一緒かもしれないからこちらから連絡はしない」

「なんだ、その女って？　夫がいるのか？」とタラールが聞くのをラヤンは手で制した。

「まあ、いいから」

こんな風にその夜は更けていった。

妙子、この夕食の支払いは私の経費にする。

16 小冬童女

幼いあなたなのに、ぼくよりはるか年上。
高い空を見上げるか、深い水の底を覗くか、
そういう遠い遠い、小さい姿。
あなたはかぞえの一歳で向こうへ渡られた。
だから今も幼いまま。

向こう？
向こう側？
来世？　あの世？　（まさか）天国／極楽

あるいはただ無、虚無？
でもぼくの思いの先にあなたはちゃんと像を結ぶ。

知らないところへいきなり運ばれて
あなたは困惑したでしょう。
現世の境界を越えて、一歳で難民になった。
死出の闇路を辿り、
大波の海をカロンの舟で渡り、
茨の丘を登った
幼いあなた。
過去帳によればぼくの高祖父の娘。
命日は明治二年（巳）九月十六日

亡くなったのは寒い日でしたか？
それ故に小冬童女という名前を貰った？
あなたを巡る縁者たちの名――
孫四郎

湛《たん》
新次郎
よね
ます
ヒサ
迂《すすむ》
逝った人々の疎林の中の一本の若い木
みなに守られてあなたは安心していますか？
来世への難民だとしても。

あなたはアイランと友だちになれるかもしれない。
彼と一緒に死後のぼくの旅に同行できるかもしれない。
ぼくの両肩に二人で乗って。
あるいは、幼い悲しみの天使と手を取り合って。

＊幼い悲しみの天使はぼくの長篇『花を運ぶ妹』に登場する溺死した子供。

17 サン・パピエ

昔々、レバノンに一人の兵士がいた、と私は妙子に話した。

「昔、っていつの時代？」

内戦の時。一九七〇年代後半からの十五年ほどかな。それまでレバノンは繁栄する美しい国だった。ベイルート港にはリゾート・ホテルが並び、市街はよく中東のパリと呼ばれた。経済的には近東の金融センターだった。

「なぜ内戦になったの？」

狭いところに諸勢力が集中していた。もともとの地域はキリスト教徒、国土が拡大されてムスリム二派（スンニーとシーア）が増え、パレスチナ難民が流れ込み、それらを近隣のシリアとイスラエルが応援し、時に武力介入し、実際に侵攻した。

「あなたの言うその兵士は？」

優秀ではない。むしろ臆病だった。しかし射撃の腕がいいことを見込まれてスナイパーになった。成績はよかった。自分は安全なところに身を置いて遠距離から敵の将校などを狙う。ある日、上から指令が降りてきた。この日のこの時間、ここに現れるこの人物を射殺せよ。距離三百メートルは撃てない距離ではない。目標を見つけ、スコープの中に捕らえて、五分間じっと好機をうかがって、引金を絞った。ヒット。

「当たるものなのね、その距離で」

そうらしいね。戦術的には成功だが、実は戦略的には大きな失敗だった。敵対する二つの組織の力関係から言うとそこでその相手を殺すべきではなかった。それがわかった時、上層部は狼狽して責任を彼一人に押しつけた。勝手な個人行動だったというのだ。

「トカゲの尻尾。よくあることよ」

そのとおり。では彼の身柄をどうするか。相手方に渡せば即射殺。こちら側で処刑するのも筋が違うし、だいいち味方の士気に関わる。同僚の間では英雄なんだから。逃亡させるのがいいのだが、近隣で捕まっては何にもならない。遠くへ逃すという案が出た。港を出る最初の船に乗せて、次の寄港地で降ろす。それが東京港だった。

「遠かったのね」

その貨物船は途中のどこにも寄らなかったんだ。しかし彼にすれば東京でもボンベイでもシンガポールでも同じだったはずだ。だいたい世界地理なんて知らなかったんだから。学校で勉強している暇はなかった。教壇と黒板と紙と鉛筆の前に銃と格闘技だった。三週間ほどの航海の果てにこの知らない都会の港に着いた。下船の際にパスポートを渡すと言われていた。別の国の別の名前のパスポート。着いた先の国のビザがあって入国のスタンプもある。

「別人になって生きるわけね」

そう。ところがそれがなかった。間に合わなかったという。この都会で三か月暮らして、そこで＊＊＊国の大使館に行ってイスマイルという男を館の入口で見つけろ。中には入るな。これが顔写真。声を掛けて合い言葉を言えばパスポートを渡して貰える。しかしどうやって言葉もわからず地理も知らない都会で三か月も生きていくんだ？　そう言ってても取り合ってもらえず、このまま船に残ったら出港して沖に出たところで海に捨てると言われた。しかたなく夜中にこっそり船を下りた。

「なんとしても生き延びる才覚ってないの、兵士には？」

それはあるだろう。ただのサラリーマンではないのだから。しかし実際にはことを決めるのは才覚以上に運だよ。彼は岸壁に降り立った。シャツの中に最後にもらったパンが四枚と鶏の腿が一本あった。現金はない。あってもこの国の通貨でなければ使えない。岸壁は広くて、平坦で、背の高い街灯がところどころに立っていた。身をかがめて様子を見たが銃を持った衛兵の姿はどこにもないようだった。しかしこの開けた場所は恐ろしい。身を隠す物陰がまったくない。まさか匍匐はしなかったが小さくなって最初はゆっくりと用心深く歩いた。そのうち立って走った。

「あなたにもあった、物陰がない恐怖の体験？」

あった。戦場では兵士は物陰を伝って動く。都市ならば建物。あるいはそれが壊れた瓦礫の山。小隊で移動する時は一人が先に行って安全を確認してから仲間を呼び寄せる。歩兵が戦車の後について歩くということもある。基本的に戦車は歩兵と行動を共にする。戦車は装甲も厚くて無敵に見えるが、一個で動いている時に背後の死角から敵兵が駆けよって手榴弾を使えば簡単にキャタピラーを壊せる。なにしろ近い周囲は見えないんだから。

「で、あなたは？」

いつも兵士たちにまぎれて動いた。銃を撃つも写真やビデオを撮るも英語では同じ、shoot だ。撃つ以上はこちらが撃たれてもしかたがない。さて、レバノンから来た彼は走っていってフェンスに行きあたった。鉄条網ではないし見たところ電流が流れているようにも見えない。思い切ってよじ登って反対側へ降りた。その先は港湾の外らしかった。しばらく行くと大きな建物が並ぶ地域に出た。倉庫か工場らしい。どれも破壊されておらず、弾痕もないことを彼は見取った。この町には戦闘の跡がない。硝煙の臭いがない。時おり車が行き過ぎたが身の隠しようもないのでそのまま歩き続けた。やがて、道に並ぶ建物が少し小さなものに変わってきた。疲れたので少し休もうと、床の高いそのコンクリートの建物のその床下に入り込んだ。ここならば人に見られない。太い柱の脇に坐り込んでシャツの中のパンと鶏を出してかじった。背後で何か声がする。振り向くと奥の闇の中に犬がいた。じっとこっちを見ている。手を出して招くとよろよろとやってきた。痩せこけて、毛はぼろぼろで、なによりも首輪がきつくて首に食い込んでいる。警戒しながらも手の届くところまで来たのでまずそれを緩めてやった。パンと鶏を少し食べさせた。

「犬ねえ」

犬は餌を食べて安心したのか彼の傍らに寝そべった。なんとなく背中をなでてやり、もつれた毛の中に指を入れて探ってみたが怪我はしていないようだ。どこに触れても痛がる様子はない。

さて、こいつをどうするかと考えたところでひらめいた。自分はこれからこの知らない都会で生きていかなければならない。ここで自分のような遠い土地の者の顔は目立つだろう。街頭で尋問されてもパスポートはない。つまり自分は国際社会で言うところのサン・パピエ（書類無し）だ。すぐに不法滞在で捕まって強制送還されるだろう。帰れば処刑。しかし町を歩かないわけにはいかない。＊＊＊国の大使館前に行ってイスマイルという男に会ってパスポートを受け取らなければならない。一人で歩いていれば目立つが犬と一緒ならただの散歩に見える。犬を連れている者は善良に見える。ではこいつと行こうか。そう考えて自分のベルトを外して犬の首輪に繋いだ。

「運がよかったのね、犬も人も」

彼と犬は歩き始めた。大きな建物が減って普通の住宅や店が並ぶ地域に出た。深夜、だれも通らない。しばらく行くと小さな公園があった。水道があったので二人でたくさん水を飲んだ。そして思いついて犬を洗ってやった。最初は嫌がったがそのうちおとなしく洗われるままになった。

ざっと水を掛け、毛の間に指を入れてごしごし洗ってまた流す。すっかり終わると犬は身を震わせて水滴をあたりにまき散らした。それなりにさっぱりした顔になっている。ベイルートで犬を拾ったのは子供の頃だ。親に言われてすぐ捨てた。内戦になって犬はみんな野犬と化した。群れになるとなかなか脅威だった。時おり誰かが一、二頭を銃で撃った。

「犬の毛皮って人間みたいに身体に密着していないでしょう。つまむとたっぷりつまめる。あれはね、雨なんかに濡れた時にぶるぶるってやって水滴を飛ばすためなんだって。そうしないと寒い時に凍えて死んでしまうの。野生動物はみんな」

歩いてゆくうちに夜が白み始めた。

後ろから来た白い四角いトラックが店の前に停まった。男が降りてきて、後ろの扉を開け、何かのケースを四段重ねて取り出し、店の前に置いて走り去った。店からは誰も出てこない。なにげなく近くに寄ってみた。パンのようなものと飲み物らしい箱がたくさん入っている。あたりには誰もいない。彼はそれぞれを一つずつ取って素早く歩き始めた。パンの方はシャツの中に押し込み、飲み物は手にしたまま最初の角を曲がった。後ろから誰何《すいか》する声はなかった。学校らしい大きな建物があったので塀の中に入り、塀にもたれてしゃがみ込んでパンを食べた。飲み物の方はミルクだった。手のひらに注いで犬に飲ませてやる。パンも食べさせる。監視の目の少ないゆるい社会だと思った。これならばイスマイルに会うまでなんとかなるかもしれない。

「一九八〇年代のはじめかしら。それならばまだコンビニは少なかったわね」

なんとかなるかと思った翌日の夕方、けっこう人の多い商店街を犬と歩いていて事故に遭った。車道と歩道の区別はない。人に押されて彼と犬は道の中央の方へ少し出て歩いていた。そこへ角を曲がってきたバイクが曲がりきれなくて突っ込んできた。彼は避けたが犬が撥ねられた。犬はギャンと叫んで地面を転がり、そのまま動かなくなった。彼は動転した。坐り込んで声を掛けるが返事はない。血が出ていて足も変な角度になったまま。揺すぶってはいけない。救急キット、副木……いや、ここは戦場ではないのだ。そんなものは手元にはない。人が集まってきた。みんな何か言っている。バイクはそのまま行ってしまった。彼は犬の前で地面に膝をついたまま泣き出した。誰かが肩を叩いた。振り向くと老人だった。何か言っている。日本語ができるかと聞いているのだろうと思って首を横に振った。老人は彼の両肩を摑んで横へどかせた。「アイ・アム・アニマル・ドクター」と言う。それくらいならば英語でもわかる。老獣医はそっと犬を触診し、周りの人に何か頼んだ。すぐ前の野菜を並べた店から大きな段ボールの空箱がもたらされた。中に新聞紙が敷いてある。老獣医は犬を抱き上げて段ボールにそっと収めた。また誰かに何か頼む。しばらくしてタクシーが来た。老人は運転手に何か言う。運転手ははじめ嫌な顔をしていた。それを重ねて説得し、後ろの席に彼と犬の箱を乗せた。自分は前の席に乗る。ほんの五分のところで停まった。

「犬が死ななければいいけれど」

そこは古い普通の家のように見えたが玄関の横に白い看板が掲げてあった。たぶん動物病院と書いてあるのだろう。老獣医は鍵を出して扉を開き、それを押さえて彼に中へ入るよう促した。中は小さな待合室で椅子が三脚置いてあった。段ボールを抱えて一歩入ったところで靴を脱ぐように言われた。言われるままにそこにあったスリッパを履いた。段ボールを椅子の一つに置く。老獣医は何か準備をするというようなことを言って奥の部屋へ入っていった。そっと覗いてみるとそこが診察室で大きな診察台が置いてあった。その更に奥の部屋から何か作業をしているらしい音がする。手術の準備だろうか。薬品の臭いで野戦病院を思い出した。しかしここは静かだし、血や膿の臭いはしない。たぶんなんとかなる。この子は元気になるだろう。でもここはあの先生一人なのか？　助手や看護婦はいないのだろうか？　そう思っていると医師が顔を出して段ボールを持って中に入るようにと言った。診察室の床にそっと置くようにと。それから部屋の隅へ導かれて手を洗うよう促された。指示されたとおり石鹼をつけてざっと洗って流した。黙って見ていた医師は駄目だと言う。袖を肘までまくり上げ、そこにあったブラシを使って指の間や爪の中まで徹底してこすれ。終わって流したところで振り向くと医師は診察台を消毒していた。そこに犬をそっと載せる。犬は呼吸も浅く苦しそうだ。あちこちに怪我があるのだろう。医師は壁際の台のところから注射器と何か薬のアンプルを持ってきた。前足の内側の毛の薄いところを消毒してそこに針をすっと刺し入れる。犬は一瞬ピクッとしたがすぐに静かになった。麻酔で意識がなくなったのか。医師は指先で犬の全身を丁寧に触診して、その結果を脇に置いたメモに書き込んでゆく。骨折が何か所あるのか？　それから打撲は？　内臓に傷はついていないか？　その後で犬の全身の消毒にかかった。必要な箇所は剃毛して皮膚を出す。朝こいつを洗っておいてやってよかったと思った。

「ちゃんとした病院だったのね」

ああ、でもレントゲンまではなかった。手術は二時間かかった。骨の折れたところは副木を当てて固定し、切り傷は消毒して縫合、それを丁寧に何か所もやってゆく。犬は深く眠っている。事故の時に気を失ったのは脳震盪だろうがその後遺症があるか否かはまだしばらくわからない。折れた肋骨が肺に刺さっていたがすっと抜いて骨折と肺の傷をそれぞれ処置した。彼が野戦病院で見た血まみれの負傷者よりはずっと綺麗に見えた。彼らはどんどん死んでいった。この子は大丈夫だろうか。眠りの海の底からやがて浮上するだろうか。必要な施術をひととおり終えると医師は、犬の呼吸の具合をじっと観察し、それから聴診器で脈拍を診た。そして彼の方を見てうなずいた。大丈夫という意味に思えた。彼も全身の緊張をゆるめた。医師は犬を指して、これは今夜はここで寝る、きみは家に帰って明日の朝八時においで、と壁の時計を示して言った。彼は焦った。床を指さして自分もここで寝ると手振りで伝えた。犬のそばを離れたくない。ここで静かにじっと寝る。家は、と問われる。「ハウス？　ホーム？」首を横に振った。犬と連れだってただ歩くだけ。そう伝えてから、どうなるだろうと思った。家がない。お金もない。この手術代が払えない。だいいち数時間前までは見知らぬ仲だった。得体の知れない外国人の無一文の男をこの人は泊めてはくれまい。それはたいていの国ではとても危険なことだ。医師は老人の顔に戻っていた。彼をじっと見て、ため息をついてうなずいた。ここにいろと言って、どこかへ行って、やがて毛布と枕を持って戻ってきた。そばがいいんだろう、という意味のことを言って、犬を収めた大きなケージの前にそれを敷いた。ここで寝なさい。それからふと気づいたように彼の顔を見てものを食べる仕草をした。とたんに空腹感が押し寄せてきた。つい、力を込めてうなずいた。老人は彼を家の別の一角へ連れていった。食卓を置いた小さな部屋だった。彼を坐らせると台所に立って何か作り始めた。奥さんはいないらしい。一人で暮らしているのか。しばらくすると二つの皿に盛った白い四角いものが出てきた。いつか彼がかっぱらった白いふわふわのパンのサンドイッチらしい。老人は冷蔵庫から缶のビールを二つ持ってきてそれぞれの前に置いた。さあ、食べなさいと言われる。サンドイッチを手にして開いてみると中身はハムとレタスだった。厳密に言えば彼は故国でもムスリム社会に属する者であり、豚に由来するものは口にしてはいけないしアルコール飲料も飲んではいけない。しかし軍ではそのあたりはずいぶんいい加減だった。戒律を守ろうとする者がいる一方で何も気にせずに出されるものをどんどん食べて飲む者もいる。週末がビール・パーティーの乱痴気騒ぎになったこともある。彼自身は戒律をそこそこ守ってきたがことの流れでいいとすることもあった。そしてここは故郷から遠い。町を歩いていても日に五回の祈りに誘うアザーンが聞こえたことはなく、モスクも見かけなかった。今日はいいとしよう。その代わり、明日は手足と口を清めて跪拝をしよう。犬がどうやら助かったことをアッラーに感謝しよう。そう決めてサンドイッチを口に運んだ。

「イスラム教徒だったのね」

そう。日本にはほとんどいない。それから彼は老獣医と一緒に暮らした。生活の小さな習慣を教えられ、手伝えることを手伝い、後は犬のそばに坐り込んでそっと毛皮をなでていた。犬は速やかに恢復した。感染症の類にも罹らず、数日後には副木の不器用な足取りながら歩けるようになった。それと同時に老人は彼に言葉を教えはじめた。最初は単語。モノの名。実物を手にしてその名を言う。彼がそれをなぞる。家の中で語彙はたちまち増えた。次は動詞。食べる、飲む、寝る、走る（家の中でふりだけ）、投げる（これもふりだけ）。老人が彼の犬を指して「イヌ」と言った。それを真似て何度も言ってみる。お前はイヌなんだ、と犬に向かって自分の言葉で言う。するとと老人が問うた、そちらの言葉では？「كلب キャルブン」と答える。そういうことがおもしろくてしかたがなかった。それぞれの拙《つたな》い英語も時には役に立った。たぶん彼は語学の才があったし老人の方も勘が良かった。身振りも交えれば相当なことが伝わるようになるにはそう時間はかからなかった。昼間、患者が来るとはじめのうちは彼は奥に隠れていたがやがて老獣医は彼を助手のように使い始めた。それでいろいろな犬や猫を見た。

ここでならば大丈夫、この家の中でならば尋問されることはない。

ある日、老人が二階の奥から衣類を一揃い持ってきた。前にここに同居していた甥のものだということらしく、試しに着てみるとまずまず身体に合った。着ていていいと言うので借りることにした。

「そのお医者さんも淋しかったのね。all the lonely people ってビートルズが歌ってる」

二週間くらいしたある晩、老人は自分の部屋から地図帳を持ち出してきた。犬は足下に寝そべっている。ページを開いて彼の前に置いて言った、「きみの国はどこだ?」。戦場の詳細な地図はいつも使っていたが世界地図はあまり知らない。ぱらぱら開いていって、世界にはずいぶんたくさんの国があるものだと思った。そのうち、見知った地域が現れた。地中海だ! これならわかる。東の方へと指で辿って、突き当たりの小さな国。「ここ!」老人は老眼鏡を掛けてそのページ、彼が指さすところを見た。「レバノン!」、「レバノン!」老人は今度は自分の指でレバノンからずっと東へ東へと線を延ばしてはるか彼方の日本に至った。「こうやって来たのか?」黙ってうなずく。実際には船倉に押し込められて船がどこを走っているのかも知らなかったのだが。自分がその国の一勢力に属する兵士であることを告げた。国はいくつもに分かれて四分五裂で戦いあっている。そこにシリアやイスラエルがまた兵を送り込む。もう何年もそんな状態。自分はスナイパーだった。遠くから敵の要人を狙って撃つ。老人は驚嘆して見ていた。世の中にそんな職業があったのかという顔だった。ある時、上からの指令である人物を殺せと言われた。ずいぶん遠かったがきちんと狙って、タイミングを計って、当てた。作戦成功。ところが上の間違いだとわかった。殺すべき相手ではなかった(そう老人に説明した)。

ある日の夕食の後、彼は大事にしまっておいたメモを出して、そこにアラビア語で記された国の名をなんとかアルファベットに置き換えた。近東の、レバノンからも遠くない小さな国。今は戦乱ではない国。「ここに行きたい」と告げる。老人がまた世界地図を持ってこようとするのを止めた。「東京のここ」と言うと相手は考え込んだ。「そうか、この国の大使館か」とうなずいて、今度は電話帳を持ってきた。それを丹念に調べて、一か所を指さし、「ここだ」と言った。「紙に書いて」と言うと漢字を並べて書いてくれた。数字はそのままでもわかる。「どう読むの？」と聞かれて老人はroppongiと書いた。「ロッポンギ」。歯切れがよくて覚えやすい。「だいたいどっちの方？」今度は老人は東京の地図を持ってきた。「今のこの家がここ」と、ある一点を示す。それから指を左の方に動かしてまた別の一点を示した。ここを出たらまず北へ行って川を渡り、その後は西に向かう。そう遠くはないし、だいたい兵士には地理の勘があるものだ。途中のところどころでロッポンギはどっちと問えばいい。なんとかなるだろう、尋問さえされなければ。「ここの人に会ってパスポートを受け取ってくる。そうしたらもう恐いものはない。ここに戻ってきてお礼をたくさんする」と言った。「お礼はどうでもいいが、そこまで一人で行けるか？」と問われて「行ける」と答えた。「犬は？」ちょっと考えて「連れていく」と言った。互いに護《まも》り合ってきたのだからこの先も一緒がいい。「これを持っていくか？」と言って老人は東京の地図をくれた。これも一緒にと言って家の奥から古い方位磁石を持ってきた。地図にはだいたいの道筋が赤鉛筆で書き込んであった。翌朝、老獣医のところを出た。老人は少しだがと言ってお金を貸してくれた。いずれは返せるだろうと思って受け取った。手術代のことだってあるのだ。

「町へ出たのね」

そう。リスクではあるが、しかし一日か二日のことだと思った。この都会では監視は厳しくない。普通にふるまっていれば危ないことはないだろう、犬もいるわけだし。そう思ってどんどん歩いた。道は広く、車は多く、たくさんの人が歩道を行き来していた。平和だったころのベイルートみたいだと思った。いやここはもっとずっとずっと大きな都会なのだろう。途中で地図と磁石を見て方位を確認し、しばらく行ってから思い切って道行く人に「ロッポンギ？」と聞いた。こうなずいて教えてくれる。三度目に聞くと相手は笑って「ここ！」と言って地面を指した。ここなのだ。しかしこの都会の道路には名前がないらしい。ロッポンギというのは区域の名であって道の名ではないようだ。兵士としての観察力を発揮して見てゆくと建物ごとに数字を書いた小さな青いプレートがあった。あれがハウス・ナンバーか。もっと大きな単位はと探すと電柱にそれらしいものがある。しばらく辿ると昇降順であることもわかった。これでなんとか目的の番地に行き着けるだろう。広い道から分岐した先に小さな公園があった。ここで休憩しよう。相手のいる大使館の場所はわかるとして、受付に行って呼び出すわけにはいかない。それこそパスポートの提示を求められるが、それはない。昼休みに食事に出てくるところを捕まえて声を掛けるしかあるまい。二等書記官だというから公用車ではなく徒歩で出てきてもおかしくはない。待ち伏せ作戦で行くことにしてしばらく時間をつぶした。それから住所の数字を辿って二十分ほど歩き、その場所へ来た。大きな建物で、まさかこれがぜんぶ大使館のはずはない。この中に入っているのだろう。考えてみるとここに来るまでの道沿いにも、いや、この都会に来てから見たすべてにも砲撃・爆撃・破壊の跡のある建物はなかった。この国には戦争はないのだ。その道はわずかな坂になっていた。高い側を少し行ったところで思いついて犬と一緒にしゃがむことにした。犬の首を抱えるようにしていると自然に見えるからその恰好で大きな玄関から出てくる人を見張る。人々は彼らを無視してどんどん通り過ぎた。中には近づいてきて犬の頭をなでてゆく者もいる。昼休みが近づいたせいか出てくる人の数が増えた。遠くから人の顔を識別するのはスナイパーの基本技術だ。これには自信があったし、写真の顔はしっかりと覚えている。運がなければまた明日ここで試すだけ、と思ったところで相手が出てきた。すっと立って犬と一緒に歩き始めて、すれ違う。振り返って距離を詰めて肩越しに声を掛けた。敢えて大きな声を出す、「イスマイルさん」。相手は振り返ってけげんな顔をした。「ヒジャーズのナツメヤシを売っているところを知りませんか?」相手はいよいよけげんな顔をして、そしてはっと気づいた。近東にはさまざまな組織や制度や宗派や閥があって、一つがこのナツメヤシの互助組織だった。これで結ばれた者はお互いどんな場合にも徹底して支援する。ではこれはその絆の相手なのか。「乾《ほ》したのならあるけれども、生のは手に入らないよ」と型どおりの返事をする。それを聞いて、名乗って、「ぼくのパスポートを渡してほしい」と言った。相手はきょとんとした。「聞いてないぞ」と言う。「あなたから受け取れと言われている」と言うと、「こんなところでは目立つ。今夜、電話してくれ」と言って小さな紙に数字を書いて寄越した。「電話、ない」と言うと、相手は呆れ、「あそこにあるだろ、ああいうのだ」と指さす先にガラスの衛兵詰所のようなものがあった。「あれが公衆電話だ。小銭を入れると繋がる。今夜十時」と言って行ってしまった。

「ナツメヤシなのね、あのやたらに甘い」

そう。生だともっと甘い。喉が痛くなるほどだ。老獣医は彼に古い腕時計をくれていた。それで時間を見て、明るい間に探しておいた電話ボックスに入った。思い出せば昔はベイルートにもこういうのがあった。でもたいていはカフェで済ませた。この都会にはカフェがないみたいだ、と思いながら小銭を入れるところを探す。小銭も老人がじゃらじゃらとたくさんくれた。紙幣も数枚くれた。すぐに返せると思ったから遠慮はしなかった。

夜の十時、受話器を取り上げて、ツーという音を聞いて、小銭を入れる。数字のボタンを押す。ポピポピポピというような音がして、しばらく待つと相手が出た。「ああ、きみか。今日の午後の外交行嚢で届いた。明日、渡す。午前十一時にアザブケーサツショの前」と言われて戸惑う。「それがどこか知らない」と言うと「人に聞け」と言われ、更に何度か繰り返してもらって覚えた。最後に相手は「警察だ」とアラビア語で言った。警察！　最も危険、あるいは最も安全。次の朝、そこに行った。どちらから来るかと見ていると、車が一台やってきて道の脇に駐車した。背広にネクタイのイスマイル二等書記官が降りてきた。手にアタッシェケースを持っている。彼を見つけると「犬か」と嫌な顔をして、「しかたがない、車に入れておこう」と言った。犬は車に乗せられた。「すぐ戻るからね」と声を掛ける。イスマイルは警察ではなくその少し先のガラス張りの大きな店に入っていった。本屋だった。中二階がカフェになっていて、そこに席を見つけて坐る。「パスポートは」と問うと「待て」と言われた。「まず大事な文書の受け渡しがある。その後だ」しばらくすると男が一人やってきてイスマイルに声を掛け、席についた。少し挨拶めいた会話があって、アタッシェケースがテーブルの上に置かれた。それから、何が起こったのだろう？　横から小柄な男が駆け寄って、アタッシェケースを摑み、そのまま走って逃げた。中二階の階段を駆け下りて店の外へ出る。こちらの三人が追う。泥棒はそこで待っていたバイクの後ろにまたがった。「車だ」とイスマイルは言って自分の車のところへ走り、乗り込んだ。その時には二人乗りのバイクはずいぶん先を走っていた。車の間からちらほら見える。と思うとふと消えた。「左折だ」と言って、そこまで行って曲がる。細い道の先にバイクが見えた。ここなら一気に加速できる。と思うと相手は右折した。追って行って、同じ角を曲がるとずっと先にいる。追い詰めたと思ったら、そこは鉄の柵で行き止まりだった。その先は緩い階段になっている。バイクは楽々と階段を降りていって消えてしまった。走って追って追いつけるはずがない。最初からこの道を知っていたのだ。心の底から落胆がわき上がった。ついさっき、パスポートはアタッシェケースの中にあった。手から五センチのところにあったのだ。「道で先に渡してくれればよかったのに」と言う。「ああ、だがもう一つの文書の受け渡しが大事だった。心細いから二人の方がいいと思った。済まなかった。ぼくの方も文書を取られた。大失態だ」とこちらも声が小さい。「これからどうする？」と三分くらいしてから聞かれた。「この国で、サン・パピエで生きていくしかない」と言ってみて、それがいかに大変かが改めてわかった。ずっと隠れて暮らす。路上の質問、収監、送還、銃殺か長期の投獄。「時々電話しろ。何かわかったら知らせる。そっちに電話があれば番号を教えておけ」という言葉を聞きながら車を降り、後ろの席でおとなしくしていた犬を出した。その場を背にしてゆっくりと歩いた。

「それでどうなったの？　だいたい、その若者の名前は？」

名はターリク。

老獣医のところには戻らないことにした。なんとかこの都会で生きていけるよう、危険が少ないよう、工夫する。まずは観察。昼は犬を連れて、夜は一人で歩き回った。観察は兵士の本分だ。目立たぬようにしながら目に入るものを記憶して後で分析する。都市の仕組みを学んでゆく。木造の同じ形の住宅が並んでいるところがあった。どれも見るからに廃屋。誰も住んでいない。そこに潜り込むことにした。解体を待っているのだろうがそれまでは住める。水も電気もないし火を焚くわけにもいかないが、水ならば近くに公園がある。ロッポンギからあまり離れないようにした。パスポートが見つかったらすぐに取りに行けるし、この人が多くて賑やかで雑然とした界隈は居心地がよかった。外国人も多いし溶け込める気がした。ディスコの前で自分と似た感じの黒い服の男が通行人にビラを配っていた。あれならばできると思って、近くに行って、「仕事ないか？」とアラビア語で聞いた。この言葉に相手は応答した。「言葉は？」と問われて、「英語少し、日本語少し」と答えた。「よし、来い」と言って相手は彼を奥の事務所に連れていった。「今、人が足りないんだ」というのを聞いてパスポートを見せろと言われないといいがと思った。その心配もなく彼はあっさり採用され、そのへんにある制服に着替えろと言われ、五分後には店の前でビラを配っていた。三十分ほどすると中へ来いと言われ、ウェイターの仕事を教えられた。あまり大きな失敗もなく深夜まで働いて、何枚かの札を貰って犬のいる家に帰った。これでなんとか食べていける。次の日から安定して働いた。お金の使いかたも身に着けて、あまり臆することなく食べ物などを買えるようになった。口をきかないで済むのでスーパーマーケットがありがたかった。二か月ほどして仲間の誘いでディスコからライブハウスに移った。こっちの方がいい。こっちの音楽の方が聴いていて気持ちがいい。昼間は暇なので早めに出勤する。バンドの練習を見ていることができる。いろいろ聴いているうちに気に入ったところができて、その連中のはとりわけ熱心に聴くようになった。「おい、おまえ、よく来てるな。好きなのか?」と聞かれてうなずいた。「何かできるか?」ちょっと迷ったが、「ギターなら」と答えた。余っていたギターが手渡され、なんとなく練習に加わった。一応は乗っていける。自動小銃やスナイパー・ライフルではなくギターを持っているのが嬉しかった。昔の勘はすぐに戻っておずおずとみなについていけるようになるのにさほど時間はかからなかった。オヤビンというリーダーがキーボード、コージがギター、ニャンタローがベース、ショッピーがドラム。それはいいのだが、ボーカルの春子さんという人がとても下手。オヤビンが贔屓にしているのはわかるが、しかしみんなうんざりしている。結果、バンドの雰囲気はあまりよくない。十日ほど過ぎたある日、春子さんが出てこなかった。風邪だとオヤビンは言うが、自分でも嫌になったのかもしれない。しかしボーカルなしではステージは成り立たない。冷ややかな沈黙の途中で、コージが言った、「タリちゃん、歌えるんじゃないかな」。みんながこちらを見る。「練習の途中で鼻歌を歌ってたが、なんかノリがいいみたいだった。ちょっとやってみろや」というわけでターリクは遠慮がちに歌った。レパートリーはこのところずっと聴いていたからだいたい頭に入っている。歌詞は怪しいがそこはスキャットでごまかす。みんなが周りから煽る。もっとどんどん行けと叫ぶ。ドラムが肩を押し、他の楽器もわいわい盛り立てる。歌うのは気持ちがよかった。数曲の練習をして、その晩はタリちゃんを立ててやると決まった。ステージはまずまずの成功だった。そんな風にして新しい日々が始まった。

「才能があったのね」

ああ、あった。たっぷりあった。ターリクを得てバンドは活気づいた。みんながおもしろがって自分の力を提供し、曲想がふくらみ、小さな工夫が重ねられ、雰囲気がどんどん変わった。客の反応もよかったしライブハウスも喜んだ。つまらなそうなのはオヤビンだけで、十日くらいしたところで彼は来なくなった。別のバンドに移ったらしいが、それもしかたがないとみんなは思った。メンバーの交代はいつものことだ。そのまた数日後、練習を終えたところでコージがみんなを制した。「なんか足りないな。すごくよくなったが、まだ何か足りない。もっと行ける気がするんだが」と言われてみなが小さくうなずいた。もっと行ける気がするというのは実感だった。

「そうだ、フーコさんに聴いてもらおう」とショッピーが言った。みなが賛同した。「フーコさんは昔の仲間だ。とても耳がいい」とコージが説明した。「聴いていてここをこうするとよくなるんじゃない、って言うとたいてい当たっている。メンバー一人一人への指示も的確。本人もボーカルとして悪くなかった。だけど、もうバンドはいいと言って身を引いてしまった。今はぜんぜん別の仕事をしているらしい」、なるほど。「要するにな、オヤビンとぶつかったんだよ。方針が違う。狙うサウンドが違う」とショッピーが言った。「じゃ、電話してみるか」ということになって、数日後の土曜日の午後、フーコさんがやってきた。「みんな久しぶりね、元気？」と明るく言う。服装はまるで地味な、バンドとは無縁なものだった。「じゃ、ともかく聴かせてくれる？」そこでみんなはまずターリクをフーコさんに紹介し（彼は恥ずかしそうに下を向いたままだった）、この間ずっと練習していた曲をいくつか演奏した。ターリクは自分ではのびのびと歌っているつもりだったし、他のメンバーも楽しそうだった。ひとしきりがんがんやって、音を止めて、フーコさんの顔を見た。何かおもしろがっているような表情だった。「いいねえ」とまず言う。「すごくよくなった。ターリク、あなたの声、とってもいいと思う。みんなもそれを知って彼を盛り立てていこうとしている。気持ちが一体化しているしノリノリ上等だよ。バンドってこんな風に変わるんだ」そこでちょっと口をつぐむ。「で、みんなの不満は？」とコージに聞いた。「不満じゃないんだ。もっと行けると思うんだ。まだまだ行ける。みんなそう思っている。でもどうすればいいかわからない」フーコさんはステージを歩き始めた。何か考えながらぶらぶら歩いている。「たぶんそれは正しい。そしてその理由はターリク、あなたにあると思う」と言われてターリクはびっくりという顔をした。「あなたはもっとぜんぜん違うものを持っている。それを出す勇気がないんじゃない？　お母さんに教わったのは何語だったの？」「アラビア語だけど」「じゃ、遠慮なくそっちで歌ってみて。意味なんかどうでもいい。どうせ私たちにはわからないんだから。そうじゃなくて、音の響き。母音と子音と息づかい。音階だって違うでしょ。いいから混ぜちゃって。それくらいのことをやってもいいと思う。このバンドは」そう聞いてターリクは練習の一回ごとに自分の音と声を増やしていった。みんないよいよおもしろがってついてきた。音階を変える、シンコペーションを増やしてリズムを変える、叙情の匂いを強調する。どこまでやってもいいと言われてターリクは遠慮なく気持ちを音に乗せ、行けるところまで行ってみようと思った。そうやって歌っていて気づいたのだ、自分の気持ちとは実は望郷なのだと。レバノンへの思い、近東への思い、日に何度も聞こえる祈り《アザーン》への促し、食べものの匂い、スークのあの雑踏、そういうもの全部が一気に帰ってきた。「さあ、ここまでくれば大丈夫でしょ」とフーコさんが言った。「新しいバンドになったね。で、ターリク、このバンドに名前を付けたら？」と言われて戸惑う。そんなこと考えたこともない。「ターリクって何か意味があるの？」「いや、なんにもない。ただの名前」「そこから何かできない？」そこでまた考える。「あれは、どうだろう？　ジブラルタル」なんだそれは、とみなが口々に問う。「地中海のいちばん西の端の地名。ぼくの国からは遠い。でも、ジブラルタルはジャベル・ターリク、つまりターリクの山という意味。そして、ターリク・イブン・ズィヤードはスペインを占領したアラブの将軍の名」そう聞いて誰かが「おー、俺たちもスペインを占領しよう」と言った。

「あなた、行ったことある？」

え、ジブラルタルか？　ないよ。ヨーロッパの西端のイベリア半島の南端の、アフリカを見晴るかす小さな半島だ。海峡の幅が一番せまい所で十五キロとか。スエズ運河ができるまでは地中海の唯一の出口だった。たぶん砦があって、教会がいくつかあって、スペイン南部まで来た観光客の一部が足を延ばす先。平和で退屈だろう。イギリスの海外領だからロンドンの植民地省の管轄。いや、そんな官庁は今はもうないか。

ある朝、犬が耳元で低く吠えた。昼までは眠っていることにしているから、うるさいなと思った。しかし犬は何か伝えたいようだ。外の何かに向かって吠え立てて追い払おうとしているのではない。ただ彼を起こそうとしている。しかたなく立っていって窓の隙間から外を見た。二十棟ほども並ぶ木造平屋の住宅、実際にはどれも廃屋のその敷地にブルドーザーやパワーショベルや大型トラックが何台も入ってきて整列している。人もたくさんいる。とうとうその日が来たかと思った。ここはいずれ解体されるのだろう、だから誰も住んでいないのだろうと思っていたし、だからしばらくでも自分がこっそり住むことができた。でもその日々は終わった。身辺のものはいつでも運び出せるようまとめてあった。登山用の中くらいのザックを買っておいたのでそれに収めれば済む。速やかに用意をして、犬と一緒に裏口から抜け出して表の道路に出た。さしあたって行く先がない。町をうろつき、公園で暇をつぶし、午後の半ばにスタジオに行った。最近はここで練習してからみんなでライブハウスに出勤することが多い。レコーディングという話も出ている。受付の女の子二人の前を犬を連れてすたすた通った。目を丸くして見ていたが何も言わなかった。まるで犬も今日の練習のメンバーみたいだ。バンドの仲間はみんな何か言った。寄ってきて頭をなで、背中を叩き、尻尾をひっぱり、「こいつ、歌えるのか?」と聞いた。練習の間、犬は隅の方でおとなしくしていて、それからライブハウスに移動して公演の間もおとなしく待っていた。その途中で持参の餌をやった。ぜんぶ終わった時、彼はコージのところに行って「今夜、泊まるところがない」と言った。「誰が?」と聞かれて「犬とぼく」と答える。「なんだ、女に追い出されたのか?」と横からショッピーが口を挟んだ。「女なんかいないよ、こいつと二人」と言って犬を見る。犬は真剣にコージとショッピーの顔を見比べている。「しょーがねーな、ともかくうちに来いや」とショッピーが言った。こうしてこの晩から彼らが二人で借りている大きめのマンションで寝起きすることになった。ベランダがあるので犬はそちらで寝る。彼がまめに犬の世話をするので二人は呆れた。犬はおとなしかったし、やがてバンドのマスコットのようになった。朝食の準備は彼がやった。昼前に起き出して、コーヒーを淹れ、トーストを焼き、ハムエッグくらい作る。その間にコージがショッピーを蹴って起こし、二人は取っ組み合いのじゃれ合いを経てなんとか立ち上がる。

「要するに人に好かれるたちなのね、ターリクは」

そうだ、何をするわけでもないがそこにいるだけでみんないい気持ちになる。生活は安定し、彼の才能は誰もが認め、バンドはどんどんファンが増えた。夜ごとのライブは満席。メンバーみんながわいわい興奮して空気を熱くしている。それでも時おり恐い夢を見た——真昼の太陽のせいで広場にあるものは装甲車から小さな石ころまですべてが純白に輝いている。おまえたちは二人、どちらも頭布《クーフィーヤ》で顔をおおっている、ハリールはカラシニコフを手にして、ポケットを手榴弾で一杯にしている。おまえは、アメリカ製のM−21スナイパー・ライフルを持っている。／ハリールがちょっと振り向いて、大丈夫と合図をする。彼は身をかがめて、広場の真中あたりにある土砂の山まで走る。依然、周囲に動くものはない。敵がこのあたりを放棄して撤退したという情報は正しいらしい。広場の周辺がすっかり無人地帯になっていることを確かめればおまえとハリールの任務は終わる。／おまえはしばらくライフルを構えたまま、広場の向こうに並んだ建物の窓を一つ一つ見てゆく。やはり動きはない。おまえはハリールのところへ行こうと、身を起こす。その時、向こう側の建物の窓に同時にいくつもの人影があらわれ、一瞬の後、自動小銃の激しい銃声が広場全体を満たした。ハリールの周りに土埃が点々と舞い上がる。待ち伏せの中に入ってしまったという強烈なショックと緊張感がおまえたちを襲う。ハリールは必死で低い土砂の山に身を隠そうとしている。時々、腕だけを出して応射する。とても相手を狙う余裕はない。／おまえは鉄筋にからまるコンクリートの破片の陰から、向かいの窓にちらつく敵の姿を捕らえようとする。三倍のスコープの中にその窓を入れ、狙って待つ。そうしている間はその窓以外のものは何も見えない。どこかで別の敵が彼を狙っているかわからない。しかし、待つほかないのだ。自動小銃ならば、ひたすら撃ちまくって走るという戦法も可能だろう。スナイパーはただ隠れて、待って、撃つ。／自動小銃を縦に構えた男の影が窓枠からちらりと見える。頭がくっきりとシルエットになる。おまえは、落ち着いて、引金をしぼる。肩が反動を受け止め、強い火薬の匂いが立ち込める。男はゆっくりと窓から下の広場に落ちた。／おまえは別の敵を探す。この一角に誰かがいることに敵は気づいている。ハリール一人でないことはもうわかっている。今度は敵の狙撃兵がおまえの姿を探しているかもしれない。おまえは姿勢を低く保ったまま、建物の反対側へ走る。いきなり右手で銃声が響く。二、三歩先で着弾音がして、埃が舞い上がる。ライフルだ。おまえは急いで、目の前の建物の中へ転がり込む。当たらなかった。危なかった。／暗い廊下を走り、広場に面した部屋を見つけ、ガラスの落ちた窓から外を見る。ハリールはまだ土砂の山の陰に身をひそめている。おまえは鋭く指笛を吹いて、自分がいる場所を彼に教える。ハリールが手を振る。そこへまた銃弾が殺到する。敵の数が多すぎる。二人だけで来たのはまずかった。ハリールが広場の中心へ移動したのもまずかった。撤退の噂を半ば信じてうかうかと油断したのがいちばんいけない。街区の一つ一つを取り合うようなこの戦闘で、押されているとはいえ敵が一気に何百メートルも前線を下げるはずはなかったのだ。／右の方の建物の陰で、人の動きがある。一人ではない。姿をさらすようなことはしないが、二、三人で何かしているようだ。すぐにもハリールを呼び戻そうか。建物の陰の動きは彼には見えていないだろう。指笛で合図する。ハリールはきょろきょろしている。おまえは彼への警告として、その建物の陰の兵たちのあたりへ銃弾を送り込む。コンクリートの破片が舞った。ハリールは気がついた。しかし彼は逃げるのではなく、そちらに手榴弾を投げようとしている。遠すぎる。届くはずがない。おまえはもう一度合図する。早く逃げろ。／しかし、ハリールは右手を後に引き、手榴弾を投げる。それと同時に、建物の陰で軽い発射音が響く。臼砲だな、とおまえが思った時、ハリールの投げた手榴弾が向こうの建物のずっと手前で爆発する。同時に、おまえが隠れている建物の一角に臼砲弾が当たり、建物は激動し、おまえは壁面に突き飛ばされるようにして床に転がる。／そのあたりから、視野全体がゆがんで、まるで水の中の光景のようにふらふらと頼りなく見えはじめる。起き上がって、窓のところへにじりより、用心深く外を見る。二人ばかりの徒歩の斥候に臼砲を持ち出すなんてバカな話があるものか。広場は前よりもなお一層明るく眩しくなり、純白の石畳の上に点々と純白の瓦礫が積まれて、まるで別の世界にまぎれこんだみたいだ。ハリールのすぐそばに臼砲弾が落ちる。爆発で広場全体が揺れうごき、土砂が舞い、それがゆるゆると落ちてくる。何度見てもハリールの姿はない。／舞った土砂が落ち着く間もなく、次の臼砲弾が降ってくる。おまえが潜んでいる建物のすぐ前だ。窓から爆風がまるで大きな獣のように突入してくる。おまえは床に身を伏せ、土くれや建物の破片や埃が降るのを感じる。／窓から外を見る。広場はいよいよ眩しい。向かいのすべての窓から銃弾が降ってくるみたいだ。全部の窓に敵が隠れていて、イングラムやトミーやウジやカラシニコフの銃弾を限りなく連射してくる。それと同時に臼砲もどんどん数が増え、おまえをかくまっている建物を一寸きざみに崩してゆく。左手から広場に入る広い道路に長い砲身をきらめかせた戦車が登場する。たちまち広場全体が戦車や装甲車や完全装備の正規兵で一杯になる。全員がおまえの方に進んでくる。思わず叫ぶ。

「起きろや！」と言われてふくらはぎを蹴られた。ショッピーの声だ。「なんでまたギャーギャーわめいてるんだ。また喧嘩の夢か？」そう言われて自分がいる場所を思い出した。「喧嘩じゃない。戦争だ」と呟く。「戦争か。だいたいおまえは言うことが大袈裟なんだよ。ともかく起きて朝飯を作れや」

「兵士なのね、いつになっても」

そう、兵士だ。ある日、事務所でみんなが揃うのをぼんやりと待っていた（彼らはもう事務所を持つまでになっていた）。「ターリクさん、電話よ」とアナさんが言った。「珍しいわね。でも男の人。なんか英語」と聞いて、はっとして受話器を受け取った。ここの電話は教えてある。あいつかもしれない。というよりアナさんがからかい半分に言ったとおり、電話をしてくるのはあいつしかいない。「ぼくだ、イスマイルだ。たぶんいい報せだ。あの時パスポートを盗んだやつから連絡があった。買い戻さないかと言っている。ただで返せと言いたかったがきみには大事なものだろう。そう思ったから条件を聞いた。百万円。一人で来いと。場所は……」その先はよく聞いていなかった。あれが返ってくる。もうサン・パピエじゃない。前から言われていた海外公演もできる。なによりも警察官の姿に怯えなくてもよくなる。この国で、どこの国でも、堂々と生きていける。待て、場所だ。「アナさん、この人の言うこと、メモして」と言って受話器を渡した。イスマイルの言葉が文字になる。

「そんな風に……？」と妙子が問う。

そう、案外そんなものだ。その場所のことを詳しく聞いて、「百万円、貸して」と言うとアナさんこと岡本安奈さんはけらけらと笑って、今のあなたにはその何十倍ものお金があるのよと言い、現金がいいの、気をつけて持っていくのよと言って、翌日の午後、封筒に入った現金を渡してくれた。ここまで一人で行ける？　一緒に行こうか、と問われ、大丈夫と答えた。たぶん大丈夫。でも、犬は連れていかないから見ていて。わかったわ、そこは遠くからでもとってもよく見えるから迷うことはないわ。ほら、あれ、とビルを出たところで指さされた先にそれはあった。地図と方位磁石を手にそちらに向かった。時おり建物の陰に隠れたがすぐにまた見える。なんと言っても背が高いし赤と白の縞々の塔だ。見失うはずはない。なんなく着いて、アナさんに言われたとおり切符を買って中に入った。エレベーターはガラス張りで、周りの風景がどんどん下に降りてゆくのがおもしろかった。そのエレベーターを降りて、また切符を買って、もう一つ上へのエレベーターに乗る。そこまで来る人は少なかった。着いた先は四方がガラスで遠くまで景色がよく見える。ビルだけでなく遠い紫色の山まで見えた。ゆっくりと一周しながら相手を探した。ここまで呼び寄せて、お金まで用意させて、来ないはずはないだろう。と思っていると、「これが欲しいのか」と声を掛けてきた男がいた。貧相で下品なアラブの顔。でも右手にパスポートらしいものを持っている。「金は?」と言うのでポケットの封筒を出した。「寄越せ」と言われて警戒しながら手渡した。相手は片手で受け取って中を見て、札束の帯封を見て、パスポートを渡した。開くと自分らしい写真が見えた。ああ、これで安心。すると男は「待てよ、おまえの顔、見たことあるぞ。なんか有名人だろ。だったら百万じゃ安い。返せよ」と言ってこちらの手の中のパスポートを取ろうとした。すばやくパスポートを左手に持ち替え、伸ばした相手の右の手首を摑んでぐっと引き寄せた。抵抗して引き戻そうとする勢いを利用して相手の額に手を当てて後ろに突き飛ばした。そこはガラスの壁で、男は後頭部を強打して昏倒した。昔々、白兵戦の訓練の時に教えられた技だ。後ろが壁でないと効果が薄い。「ごめん、ちゃんとお金を持ってきたのに渡してくれないから」と言ってエレベーターに向かった。

ぼくはもうサン・パピエじゃない。

付記

何十年も前に書いた『バビロンに行きて歌え』という長篇小説の主要なプロット部分をこの短篇に仕立て直した。

この作業は化学実験に似ている。対象とする溶液の中の必要な成分だけをビーカーと試験管とブンゼンバーナーと試薬で抽出する。遠心分離機で分画するところまではしないし、クロマトグラフィーを使うこともない。

この過程で原作にあった女たちが消えた。「恋の日々」の長身の女性は登場しないし、蝶を育てるフーコさんも大型バイクに乗るアナさんもちらりとしか出てこない。彼女たちに会いたければ原作の方を読んでほしい。

ターリクの詠嘆の歌

1

どこへ行くのか　おまえたち
蕁麻《いらくさ》の丘を越え
泉に背を向けて
なぜ　踏み込むのか
ひび割れた太陽の荒野へ
OH, STRAY SHEEP

羊たちよ

2

シェヘラザードを求めている
誰もが　みんなが
シェヘラザードを求めている
涼しい臥床《ふしど》で　薫る香炉の煙の中で
いつまでも聞いていたい
長い長い不思議な物語
どこにいる
俺の　シェヘラザード

3

明日の日の出を
俺は見ない

夜に身をひそめ
闇から闇へ渡ってゆく
DARKNESS TO DARKNESS
SHORE TO SHORE
朝の岸辺で　おまえが
甘い声で呼んでも
風が匂いを運んでも
俺は動かない
闇の中で　朝の岸辺で

4

目を閉じた時だけ見える
瞼の裏にだけ映る
緑の丘
眩しいその色
枝に揺れるシトロンの色

そこへ歩いてゆく
WALKING, YA WALKING
いつか　そこへ歩いてゆく
緑の　緑の……

18 今は行けない二つの場所

きみの詩は名詞が多すぎて情が足りない。
そこを工夫しろ。
無理だよ。
名詞的人間だもの。

1

私の脳の中に広がる湿原
丈の高い一種類の草だけ

かやつりぐさ
水面から二メートルほどの細い茎の先に
放射状に、ポンポン飾りのように、葉が伸びる
地平線まで続く草の向こうにアカシアのシルエット
空には雲はない　日輪は容赦ない
そこを船で行った
ゆるやかな流れを遡行する不思議な船
束ねられた艀《はしけ》

あるところで船が停まった
乗客の中の赤ん坊が死んだので
その遺骸を草の中に置きに行ったのだという
土がないので埋葬はできない
水に返す
その頃から大気に狂気が混じり始めた
空はただただ青い
夜になると漆黒を背景に星々の砂《いさご》

船に乗るまでは砂漠の汽車だった
客車の座席にいても床に寝ても
砂にまみれる
朝、起きてそっとデッキへ出て砂を払う
車内で払うと他の客に迷惑だから
ナンバー6ステーション
地名のない、村はおろか家一軒もまわりにない駅
どこからか子供たちが来た
アイワ・ギベナと叫んで（そう聞こえた）
茹で玉子を売った
首都に着くのがいつかわからなかった
そこから先が束ねた艀の旅

湿原は終わり
川幅が広くなり
河馬の目と耳が水面に見えはじめた三日後

終点の川の港に着いた
大柄な女の兵士に手荒い身体検査をされた

同じ旅はできない
同じ水に身を浸すことはできない
流れているから
女の兵士に数千の男の兵士が加わり
戦乱と混乱
難民キャンプとたくさんの死者
今は誰も行けないところになった
あのジュバは私の心の中にあるだけ

2

そこへは飛行機で行った
南へ十時間、乗り換えて東へ十二時間半
先住民のいない首都

食品を買うスーパーが二軒
おしゃれなオシャマルク
しょぼいショボマルク
と、ここに住む長女は言った

詩人の海の方の家に
蒐集された船首像
たくさんの海を越えて着いた彼女らの安住の場
同じ詩人の丘の上の五階建ての家
階段階段階段階段
積み重なる小さな部屋々々

(やはり名詞が多すぎる)
(しかたないだろ)
(世界はモノと感情でできている)
(町が建物と歩く人でできているのと同じだな)

ディエシオーチョ　九月十八日　独立祭
博覧会と屋台と馬術競技
賑わいと高揚　頬に絵を描いた少女たち

九月二十日　私は帰りの便に乗った
十月十八日　暴動が始まった
地下鉄の駅ぜんぶが燃やされた
そうやって表明される怒りがあった
デモ隊が大通りを来るから
裏通りに入ってやり過ごした
と長女は報告してきた
やがて彼女も出国した
今は記憶の中だけの
サンティアーゴ・デ・チレ

*かやつりぐさはパピルス。

＊ジュバはぼくが行った時はスーダン南部だった。その後この一帯は独立して「南スーダン共和国」となりジュバはその首都となった。
＊詩人はパブロ・ネルーダ。

19　とはずがたり

今夜は旅の歌ばかり選んで草書で書いている。
離れた二人が互いを思う歌。
自分では歌など詠まないのに、至さんが遠いのでそういう気持ちになっているのか——

吾が夫子《せこ》はいづく行くらむ。おきつもの名張《なばり》の山を今日か越ゆらむ

吾が兄子《せこ》を大和へやると、さよふけて　暁露に　わが立ち濡れし

わがつまはいたく恋ひらし。呑む水に影《かご》さへ見えて、よに忘られず

君が行く海辺の宿に霧立たば、吾《あ》が立ち嘆く息と知りませ

折口信夫の口訳が元だから句読点が入っている（例えば最後の歌は「あなたがいらっしゃる海辺の泊り場所で、霧が立つようなことがあったら、それはこちらにいる私が、立ち出て溜め息吐《つ》いている、その溜め息が、霧とかかったんだと考えて下さい」という訳がついている）。それをバランスよく書くにはちょっと工夫が要った。普通の書道には点や丸はないから。「暁露」など画数が多いし。「あかときつゆ」とみな読めるかしら。

こちらは普通の書きかた。たしか俊成卿女——

これもまたかりそめ臥《ぶ》しのさゝ枕一夜の夢の契りばかりに

至さんが帰ってくる。ラヤンさんを追いかけて行ってストックホルムで会うことができたとメールがあった。
ベルリンでずいぶん取材ができたと。
わたしはほっとして溜め息を吐く。

20 作者自身による解説と最後の引用

「あとがき」ならばともかく、文芸作品に作者が自分で解説を添えることはまずない。しかしこの本の場合はそれが必要ではないかと思った。

これは短篇と詩、ならびに引用などからなる雑多な構成の一冊である。引用は、他の作家・詩人からのもの、ぼく自身の過去の作およびその仕立て直し、等々、形式はさまざまである。

文芸作品について作者の独創性を尊重するのは当然のこととされてきたが、われわれはそこまで独立した創作者であるかという疑問がないではない。ある種の作品においては他の作の影響が濃厚であると認めざるを得ない。凡百の騎士道小説がなければ『ドン・キホーテ』は生まれなかった。そういう関係を逆手に取って下敷きの存在を公言したのがジェイムズ・ジョイスの『ユリシーズ』であり、彼に始まるモダニズムの文学ではこの傾向はいよいよ強い。文学は文学から生まれる。

ぼくのこの本は19の章から成る。主流は「私」ないし「至／イタル」という人物の話とそこから派生する「ラヤン」の話、ならびに「妙子」の独白があるがそれらは合わせても半分ほどで、残りはそれぞれに独立した短篇や小品であり、詩である。モザイクなのだ。

散文の間に詩を置くことの先例としてぼくの頭にあったのはマイケル・オンダーチェの『ビリー・ザ・キッド全仕事』だった。詩と短い文章と数点の古い写真からなるこの本の構成をいつか自作に応用してみたいとずっと思ってきた。しかしオンダーチェの本が実在した人物という中心を持つのに対して『ノイエ・ハイマート』はもっとずっと拡散的なものになった。西部劇の若い英雄の代わりにこちらにあるのは難民という主題である。それをできるかぎり異なる種類の文章の束として提示する。

なぜこんなことを試みたのか、ぜんたいをほぼ書き終えた今になってようやく気づいた。現代アートの影響なのだ。

この十年ほど、ぼくは北川フラムが総合ディレクターを務める国際芸術祭を瀬戸内、越後妻有《つまり》、奥能登と足繁く通って見てきた。

画家と呼ばれる人がアトリエあるいは屋外で描いたタブローを額縁に納めて画商が売り、買ったものを自分の家の壁に掛けて鑑賞する。あるいは美術館の壁面にずらりと並べる。こういう芸術と経済のシステムに対する反抗から現代アートは生まれた。

マルセル・デュシャンとアンディ・ウォーホルの名を挙げれば容易にわかるだろう。今のアーティストはもっと徹底している。外に出て、そこを写生の場ではなく制作と展示の場として用いる。北川フラムはそれを敢えて交通不便な僻地で展開した。見る者は一定の努力をしなければそこに行き着けない。その地の地域性が徹底的に援用され、廃校や住人を失った民家が作品発表の場となる。むしろそこに作品が組み込まれる。額縁には納まらないからインスタレーションと呼ばれることが多い。

その典型が本書の「01 失われた子供たちの海岸」で触れた林舜龍の作品である。


この本をぼくは私的な国際芸術祭として作った。

いわば北川フラム主義の申し子。

点在する作品を探してカーナビを頼りに田舎道を走り回ることはないが、一章ごとの出会いの戸惑いはあるかもしれない。移動に伴う身体性や気象条件による擾乱はなくとも知的な目くらましはあるかもしれない。

舞台となった土地と時期への仮想の旅と思っていただきたい。

二〇二三年十月　安曇野

二〇二四年四月の付記

圧倒的な武力を持つ集団が他の集団のメンバーを大量に殺す。殺される側に抵抗の手段がなければただ逃げるしかない。こうして難民が生まれる。

この本に記した多くの地名の先にウクライナとガザが加わったと嘆きながら、人の為す悪の陳腐さに溜め息が出る。そんなことをしている場合ではないだろうに、そんなことしかしない人々。しかし彼らは我らの一部である。人類はプーチンとネタニヤフを含む。いつだって殺される側・追われる側に対して殺し・追う側がいるのだ。

この本に彼らのことは書かなかった。彼らを書く力量は今のぼくにはない。

付録

以下にぼくが難民について書いた最初の文を引用する。

二〇〇一年九月からぼくはアメリカ同時多発テロに端を発する世界情勢の変化についてメールマガジンを日刊で出した。まだブログなどなかった時代で、徒手空拳という感じだった。その十月二十日の号に「難民になる」という文を寄せた——

新世紀へようこそ　027

「難民になる」

今の世界にはさまざまな不幸がありますが、難民になるというのもその一つです。

アフガニスタンではこのままでゆくと百万人以上の難民が出ると言われています。しかし、2001年10月13日付けの「WTCの中の保育所」でも書いたとおり、不幸を抽象的な数に還元してしまってはいけない。その前に、一人の人間にとって難民になるとはどういうことか、そこから考えなければならない。

なるべく具体的に想像してみましょう。ただし、ぼくは昨今のアフガニスタン事情に詳しいわけではありません。こうもあろうかという、一種の創作と思ってください。

まず、自分がカブールに住む一家の主であると想定します。生活は非常に苦しい。ソ連の侵攻以来、国は荒れ放題。三年続きの干魃で穀物の値は上がる一方だし、タリバンの支配は厳しい。そこへアメリカの爆弾が降るようになった。あちらこちらから爆撃で人が死んだという噂が流れてくる。いずれはもっと恐ろしい兵器が使われるかもしれない。ソ連兵が来たように今度はアメリカ兵が来るかもしれない。

悩んだあげく、あなたはこの国を出てパキスタンに行こうと決心する。このままここで餓死するか、爆弾で死ぬよりはまだましなはず。

あなたの家族は夫婦と四人の子供、それに妻の老いた母（彼自身の両親はソ連の侵攻で死にました）。子供たちはまだ幼く、このところの栄養不足で衰弱しています。成長期だというのにほとんど育っていない。妻の母もこの数か月でひどくやつれました。

家を捨てて旅に出て、正直な話、この中の何人が生き延びてパキスタンに行き着けるか、家族の顔を見て考えるのは辛いことです。しかし、このままここにいてもやはり死んでしまう。この冬を生き延びるのはむずかしい。

家は買う人もいないので捨てることにして、有り金でおそろしく高くなったパンを買います。困るのは飲み水です。途中で水が手に入らなければパンがあっても死んでしまう。水は重いけれど、運べるかぎりを運ばなければならない。十年前にただ同然で手に入れたピストルも持ってい

こうか。

カブールからパキスタンのペシャワールまでは３００キロに少し欠けるくらいですから、ざっと東京から長野の少し先まで歩いてゆくと考えてください。途中にカイバル峠があって、ここの標高が１０００メートルとちょっと。つまり中山道から長野に行く道の最高地点である信濃追分のあたりとほぼ同じです。

ただし途中は乾ききった山道で、日本の山よりもずっと険しい。寒さも厳しい。それでも急がなければなりません。雪が降ってしまったら出発できない。

最小限の身の回りの品と食べ物と水を持って、着られるかぎりを着て、その重さによろけつつ幼い子の手を引き、老いた親の身をかばいながら、あなたは出発します。目前の厳しい旅よりももっと恐ろしいものに追い立てられて。

途中で水が不足してきたら、あなたがまず飲みますか、子供と年寄りに多く飲ませますか？　あなたが倒れたら全員が死ぬ。だからと言って子供を見殺しにできますか？　親を捨てますか？　これはそういう旅です。

もし家族の誰かが死んでも、道ばたの土を掘って埋葬することはできない。シャベルまでは持ってきてないし、土は堅い。野獣に荒らされないよう、せいぜい石を積んで覆うだけです。そのための体力だって実は惜しいのです。後ろめたいけれども、死体を捨てて、先へ進むしかない。いずれにしても、道に沿ってはたくさんの死体が転がっています。

夜は寒さに震えて家族みなで身体を寄せ合って眠る。飛行機の音がするたびに脅える。起きたら僅かなパンを分け合って食べ、また歩く。そうして、家族の何人かが無事に峠を越えて、国境に到着できたとしましょう。

国境は閉鎖されていました。銃を持った兵士が立ち並んで、こちらを威嚇している。何日か待って、結局あきらめて、あなたはまた、すごすごと同じ道を引き返す。パンも水ももうありません。今度こそ一家は崩壊し、みなが無意味な、無駄な死を迎えるのだと思いながら、山道をたどります。

作家としてぼくは、この百倍の長さで、彼らの苦難を細密に書きたいところです。そういう欲求をおぼえますが、今はその余裕はありません。

難民という言葉を聞いても、日本人は遠い世界の話と思います。この言葉自体が refugee の訳語として戦後になって作られた言葉ではないでしょうか。

しかし、第二次大戦末期の満洲からの引揚者、さっさと逃げてしまった関東軍を怨みながら、ソ連の軍隊に追われ、撃たれ、奪われ、犯されながら、必死で内地を目指した日本人は正に難民でした。

そんなに遠い世界の話ではないのです。

＊初出一覧

序詩　遠い声　「熱風（GHIBLI）」2024年2月号
01　失われた子供たちの海岸　「すばる」2024年1月号
02　ホムスの戦い　書き下ろし
03　ブーメラン　書き下ろし
04　砂漠の検問所　「群像」2022年2月号
05　アランヤプラテート　一九九〇　『タマリンドの木』
06　バスとトラックとゾディアック　書き下ろし
07　アイラン・クルディ　「新潮」2021年6月号
08　ジャーニー　書き下ろし
09　艱難辛苦の十三箇月　「新潮」2023年9月号
10　ヴルニャチカ・バーニャ　書き下ろし
11　お婆さんと大きな樹　文:山崎佳代子・絵:山崎光『戦争と子ども』（西田書店）より
12　ベルリンへ　書き下ろし
13　ノイエ・ハイマート　書き下ろし
14　カフェ・エンゲルベッケンでハムザ・フェラダーが語ったこと　「文藝」2023年冬号
15　ブーメランの軌跡　書き下ろし
16　小冬童女　「新潮」2021年6月号
17　サン・パピエ　「コヨーテ」2023年冬号
18　今は行けない二つの場所　「アルテリ」16号
19　とはずがたり　書き下ろし
20　作者自身による解説と最後の引用　「新世紀へようこそ」027

装画　田渕正敏
装幀　新潮社装幀室

ノイエ・ハイマート

著 者

池《いけ》澤《ざわ》夏《なつ》樹《き》

発 行

2024 年 5 月 30 日

発行者 佐藤隆信

発行所 株式会社新潮社

〒 162-8711 東京都新宿区矢来町 71

電話 編集部 03-3266-5411

読者係 03-3266-5111

https://www.shinchosha.co.jp

印刷所

株式会社精興社

製本所

加藤製本株式会社

乱丁・落丁本は、ご面倒ですが小社読者係宛お送り下さい。
送料小社負担にてお取替えいたします。
価格はカバーに表示してあります。

ISBN978-4-10-375310-0 C0093